One Short Year

# Short Story Collection

AVELYNA

SOPHIE MODROK

SANDRA M. WOLF

MARINA C. HERRMANN

MELANIE LANE

LINDA ROß

VERUCA SABIN

ONE *Short* YEAR

ANNIKA M.

SANDRA BOLLENBACHER

JULIA GRAMS

NOAH MARTIN

ARKOAR QERE

J. R. KATZENSTEIN

E. MARWOOD

Herausgegeben
von
R. WEST & AMES MORGEN

Short Story Collection

Short Story Collection

# One Short Year

Hrsg.

R. West und Ames Morgen

Short Story Collection

Bibliografische Information der Deutschen
Nationalbibliothek:
Die Deutsche Nationalbibliothek verzeichnet diese
Publikation in der Deutschen Nationalbibliografie;
detaillierte bibliografische Daten sind im Internet über
http://dnb.dnb.de abrufbar.

© 2022 R.West, Ames Morgen

Cover: Stefanie Kala

Lektorat: R. West
Korrektorat: R. West, Ames Morgen, Caschka Stepniak

Herstellung und Verlag: BoD – Books on Demand,
Norderstedt

ISBN: 978-3-7568-4449-4

## VORWORT

2020 verhalf uns eine kleine Idee zu genau der Art Ablenkung, die so viele von uns dringend nötig hatten. Ein ganzes Jahr, zwölf Monate, zwölf Prompts, jeder von ihnen eine Herausforderung. Was als Instagram-Challenge startete, ist heute diese Anthologie in deinen Händen.

Im Juni 2020 riefen wir das allererste Mal zum Mitmachen auf und sind immer noch begeistert davon, wie viele mit Eifer und einzigartigen Ideen dabei waren.

Unter einem Prompt verstehen wir einen kurzen Impuls, der Schreibenden die Grundlage für eine Geschichte bietet. Wir haben dabei auf verschiedene Medien zurückgegriffen, um die Fantasie anzuregen: Bilder, Musik und Zitate. Fast jeden Monat ließen wir unseren Teilnehmenden ansonsten freie Hand. Die Genrewahl oblag ihnen und die maximale Wortanzahl war nur selten auf unter 1000 Wörter angesetzt.

Nach der Bekanntgabe des Prompts blieb genau ein Monat Zeit, um die passende Geschichte zu schreiben. Das hieß auch: Nicht Zögern! Schreiben! Und im besten Fall das Gelernte in den nächsten Monat mitnehmen. Es folgten zwölf Monate voller Spaß, Panik, Writingsprints und vielen spannenden Gesprächen. Die kleine Community, die sich durch dieses Projekt entwickelte, verbrachte den Winter auf einem Sonnenblumenfeld und den Sommer in Cafés und ihren Lieblingsstädten mit Musik auf den Ohren.

Danke an alle Teilnehmenden, die regelmäßig, unregelmäßig oder auch nur ein einziges Mal mitwirkten. Ihr habt dieses lange Jahr mit Kurzgeschichten gefüllt und es vergehen lassen wie im Flug. Diese Anthologie ist für euch.

Short Story Collection

One Short Year

## INHALTSVERZEICHNIS

Short Story Collection

TRIGGERWARNUNG

Müde aber glücklich: Kinderwunsch
Der Grizzlybär: Übergriffiges Verhalten
Liebe: Blut, Gewalt, Mord
783: Tod
Ben: Pädophilie, übergriffiges Verhalten, Gewalt
Eine Blume für Theo: Verstorbener Partner, Überlebensschuld
Dead Butterflies: Erbrechen

Short Story Collection

## M O N A T 1

# Der 3. Song deiner Playlist

Dieser Prompt markierte den Start in die Schreib-Challenge. Wir haben unseren Autor:innen in diesem ersten Monat besonders freie Hand gelassen. Die meisten Schreibenden hören während der Arbeit Musik oder haben vielleicht sogar spezielle Songsammlungen für ihre Projekte oder Charaktere. Für einen relativ einfachen Einstieg stellten wir ihnen die Aufgabe, sich von einem ihrer Lieder inspirieren zu lassen. Und zwar von dem 3. Song einer Playlist. Welcher Song und welche Playlist, blieb ihnen überlassen.

Die einzige Vorgabe, die wir ihnen stellten, war eine maximale Wortanzahl von 1.000.

Heraus kam eine besonders vielfältige Mischung an Short Stories, die den Ton für diese Challenge setzte.

PLAYLIST

https://open.spotify.com/playlist/2wyLOYcgwqshI2ltbPPORi

Short Story Collection

One Short Year

## W I R

Linda Roß

Hadestown – Why we build the wall

wir arbeiten von abends bis morgens und von morgens bis abends wir hacken wir schleifen wir rühren wir schichten wir drücken wir ziehen wir arbeiten von morgens bis abends und von abends bis morgens wir arbeiten für uns wir arbeiten für euch wir arbeiten für Ihn wir arbeiten für Ihn aber nicht wenn Er kommt Er kommt.

wir arbeiten von abends bis morgens und von morgens bis abends wir arbeiten für freiheit wir arbeiten für reichtum wir arbeiten für sicherheit wir arbeiten für arbeit.

wir werden mehr wir werden mehr wir werden mehr und mehr und mehr und mehr und wir bleiben bis in alle Ewigkeit bis unser Fleisch von unseren Knochen fällt bis nur noch unser skelett hackt und schleift und rührt und schichtet und drückt und zieht und arbeitet für freiheit für reichtum für sicherheit und arbeit und Er geht.

wir wissen nicht mehr wie der himmel aussieht wir wissen nicht mehr wie sich die Luft anfühlt wir wissen nicht mehr wie der Frühling riecht wir wissen nicht mehr wie Musik klingt wir wissen nicht mehr wie süß die Früchte schmecken wie wissen nicht mehr wie sich leben anfühlt wir wissen nicht mehr wer wir sind.

Ich muss hier weg

## MÜDE ABER GLÜCKLICH

Julia Grams

Peter Cetera - After all

Anna kam aus dem Kinderzimmer. »Meine Güte, war das anstrengend! Fast eine Stunde hat sie zum Einschlafen gebraucht.«

Tom sah sie verständnisvoll an. »Wahrscheinlich waren es heute einfach zu viele Eindrücke und sie konnte nicht abschalten. Aber du hast es geschafft«, sagte er lächelnd.

Anna nickte erschöpft. Der liebevolle Blick ihres Mannes tat ihr gut. Ein Foto an der Wand zog ihre Aufmerksamkeit auf sich. Es zeigte sie und Tom auf einem Bootssteg im Sonnenuntergang während ihres Urlaubes vor zwei Jahren. Damals lag bereits mehr als ein Jahr des vergeblichen Hoffens hinter ihnen. Vor dem Abflug nach Florida waren sie sich sicher, dass ein entspannter Inselurlaub zum Wunschkind führen würde. Aber sie kamen ohne blinden Passagier im Bauch zurück. Kurz darauf hatte Anna einen Termin bei ihrer Ärztin vereinbart, um die ersten Untersuchungen für eine künstliche Befruchtung durchführen zu lassen. Die Blutentnahme musste zu einem bestimmten Zeitpunkt stattfinden, um die Hormonwerte exakt bestimmen zu können. Die Tage bis zum Termin waren Anna endlos vorgekommen und von trüben Gedanken bestimmt. Sie hatte jegliche Hoffnung auf eine natürliche Schwangerschaft verloren und die Erfolgsaussichten bei einer künstlichen Befruchtung erfüllten sie nicht gerade mit Optimismus. Aber der Gedanke, niemals ihr Kind im Arm halten zu können, war so unerträglich, dass sie bereit war, einige Strapazen auf sich zu nehmen. Zwei Tage nach der Blutentnahme erhielt Anna einen Anruf der Arzthelferin. Die Worte hatte sie noch immer ganz genau im Kopf. »Uns liegen Ihre Blutwerte vor und ich muss Ihnen mitteilen, dass wir zurzeit keine Fruchtbarkeitsbehandlung bei Ihnen durchführen können«, begann die Arzthelferin damals das Gespräch. Bei Anna hatte sich sofort ein dicker Kloß im Hals gebildet, Tränen standen ihr in den Augen. Als die Arzthelferin fortfuhr; »Wir brauchen keine Behandlung durchführen, Sie sind schwanger, herzlichen Glückwunsch!«, fiel Anna vor Schreck das Telefon aus der Hand. Und nun war ihr kleines Wunder schon zehn Monate alt.

»Komm, es ist Zeit für den Abwasch«, riss Tom sie aus ihren Gedanken. Sie folgte ihm in die Küche und stellte das Radio an. Annas Mundwinkel zuckte, ein Grinsen huschte über ihr Gesicht. Sie hörte Peter Cetera und Cher im Duett schmettern. Sie sangen über schwere Zeiten und darüber, dass es am Ende nur auf sie ankäme, solange sie zusammenhielten, und endeten mit der Mutmaßung, füreinander bestimmt zu sein.

Ja, dachte Anna bei sich, der Text trifft es. Sie und Tom haben viel durchgemacht. Nach all den Krisen, die sie zusammen überstanden und gemeistert hatten, war sie sich sicher, dass sie füreinander bestimmt waren. Sie drehte ihren Kopf zu Tom, lächelte und küsste ihn.

# DER GRIZZLYBÄR (*URSUS ARCTOS HORRIBILIS*)

Sandra Bollenbacher

Explosions in the Sky - Did I scare you?

Oh Gott, ich bin so aufgeregt! Ich kann's immer noch nicht glauben, dass Dad zugestimmt hat und ich jetzt in den USA bin – in Missoula, Montana, um genau zu sein. Ich sitze vor dem Flughafen, meine beiden Koffer vor mir, und warte auf meine Mom. Um mich herum reden alle Englisch und ich komme mir vor wie in einem Hollywoodfilm. Ich könnte vor Freude quietschen, wenn ich daran denke, dass ich die nächsten vier Jahre hier verbringen darf! Okay, es ist etwas uncool, bei meiner Mom und ihrem neuen Macker wohnen zu müssen, aber das war eine von Dads Bedingungen.

Am meisten freue ich mich auf das Studentenleben. Kann sein, dass ich es mir durch Bücher, Serien und Filme etwas zu romantisch vorstelle, aber ich kriege das Bild einfach nicht mehr aus dem Kopf: An einem warmen Herbsttag sitze ich mit meinen Freundinnen unter einem Ahornbaum auf einer Campuswiese und lerne, neben mir ein Pumpkin Spice Latte, während etwas abseits ein paar Jungs in Collegeshirts einen Football hin und her werfen. Dann wirft einer der beiden zu weit und trifft meinen To-go-Becher. Der Footballspieler kommt rübergejoggt, entschuldigt sich mit einem schiefen Schmunzeln, ein Grübchen in seiner linken Wange, und besteht darauf, mich als Entschädigung zu einem Kaffee einzu–

Direkt vor mir hupt ein silberner SUV und reißt mich aus meinem Tagtraum. Keine Sekunde später reißt Mom die Beifahrertür auf und fällt mir um den Hals. Ihr Mann kommt um den Geländewagen herumgelaufen und schüttelt mir mit einem schüchternen Lächeln die Hand. Er heißt Mike und wirkt eigentlich ganz sympathisch mit seinem Akzent und den ausgelatschten Converse. Er hilft mir dabei, die Koffer ins Auto zu laden, und dann sind wir auch schon unterwegs auf dem Highway zu meinem neuen zu Hause in Amerika.

Sonntagabend liege ich mit offenen Augen und nervös pochendem Herzen im Bett und kann nicht einschlafen: Morgen beginnen die Orientierungstage für die neuen Studierenden. Statt des schönen Tagtraums von dem sexy Footballspieler und mir sehe ich mich alleine in der letzten Reihe eines Hörsaals sitzen, während die anderen sich mit Umarmungen begrüßen, laut lachen und bereits die erste Party planen, zu welcher ich nicht eingeladen werde. Im besten Fall werde ich ignoriert, im schlimmsten Fall machen kaugummikauende Tussis blöde Witze über meinen deutschen Akzent und nennen mich Eva Braun.

Am nächsten Morgen bin ich so k.o., dass ich den Wecker ausschalte und sofort weiterschlafe. Als Mom kurz nach acht Uhr in meinem Zimmer steht, um mich zum Campus zu fahren, bleibt mir kaum Zeit zum Duschen und Anziehen. Hektisch renne ich runter in die Küche, erschrecke mich fast vor Mike, der hinter der geöffneten Kühlschranktür steht, schnappe mir ein Sandwich und meinen Rucksack und schon sitzen wir im Auto.

Zehn Minuten später renne ich eine lange Allee mit Kopfsteinpflaster entlang, an einer gruseligen Bärenstatue vorbei und weiter auf dem kerzengeraden Weg durch eine

Wiese. Während ich im Laufen auf meinem Handy nach der E-Mail suche, in der steht, in welchen Raum ich zur Begrüßung um neun Uhr kommen muss, sehe ich im Augenwinkel ein paar Mädels unter einer großen Esche in der warmen Morgensonne sitzen und quatschen.

»Autsch!«

»Shit! Sorry, are you okay?«

Ich taumle rückwärts, weg von dem Kleiderschrank von Kerl, in den ich volles Kanonenrohr gerannt bin. Er hält mich sanft am Ellbogen und ich finde meine Balance wieder.

»I'm so sorry«, stammle ich.

Er trägt ein weinrotes T-Shirt mit dem Aufzug »Montana Grizzlies«, das jetzt ein dunkler, nasser Kaffeefleck ziert, und er hat das bezauberndste schiefe Lächeln, inklusive Grübchen.

»No harm done!«

Mir stockt der Atem – er sieht fast genauso aus wie in meinem Wunschtraum!

»You sure you're okay?«, fragt er besorgt. Ich nicke panisch und weil ich keine Ahnung habe, was ich jetzt tun soll, renne ich weiter, die Stufen hoch in das rote Backsteingebäude der University Hall.

Ich kann mich kaum auf das Begrüßungsgequatsche konzentrieren, denn in meinem Kopf läuft ein Satz auf Dauerschleife: »Ich bin so blöd, so blöd, so blöd.« Ich lasse mich von den anderen Erstsemestern von einer Veranstaltung zur nächsten treiben, frühstücke mit einer Gruppe auf der Wiese und tausche Handynummern aus, doch ich kann einfach nicht damit aufhören, mich aufzuregen. Anstatt darüber zu fantasieren, wie mein Traumtyp mich zum Kaffee einlädt, hätte ich den Spieß umdrehen und *ihn* einladen sollen! Einmal glaube ich, ihn zu sehen, als ich von der Toilette komme, doch hier tragen so viele diese T-Shirts …

Zu Hause, als ich nach dem Abendessen meinen Rucksack ausräume und die ganzen Infobroschüren und Flyer sortiere, entdecke ich ein zusammengefaltetes Blatt Papier. Ich lese die zwei englischen Zeilen und mein Herz beginnt wie wild zu pochen: *Did I scare you this morning? So sorry. Cute dress!*

Am nächsten Tag halte ich überall nach ihm Ausschau, doch wie soll ich jemanden finden, wenn ich noch nicht einmal seinen Namen weiß?

Endlich, am Donnerstag, sehe ich ihn: Er sitzt mit Freunden zusammen in der Cafeteria. Mein Herz rast. Ich schaffe es, ihn im Vorbeigehen anzulächeln, doch er schaut im selben Moment weg. Für mehr reicht mein Mut nicht, doch am selben Abend finde ich wieder einen Zettel in meinem Rucksack: *I'd love to spend some time with you alone. Wear that cute dress tomorrow if you want to meet me, too!*

Oh. Mein. Gott.

Ich fische das Kleid aus der Wäsche, sprühe es mit Deo ein, um den Schweißgeruch zu überdecken, und bügle es sogar, doch am Freitag sehe ich ihn nirgends. Aber vielleicht hat er mich gesehen?

Ich bleibe auf dem Campus, bis der letzte Bus nach Hause fährt, und gehe nach dem gemeinsamen Abendessen bedröppelt auf mein Zimmer. Ich habe mich gerade bettfertig gemacht, als es an meiner Tür klopft.

»Come in!«

Mike schiebt sich mit seinem schüchternen Lächeln ins Zimmer und schließt die Tür hinter sich.

»I'm glad you got my message.”

# PREDIGER UND SÜNDER

Marina C. Herrmann

Breaking Benjamin - Ashes of Eden

Mir wird kalt, obwohl es um mich herum heiß ist. Alles brennt, Gebäude stürzen zusammen, Menschen schreien und rennen verzweifelt durch die Straßen – suchen ihre Liebsten oder ein sicheres Versteck. Doch sie werden nichts finden. Es ist nichts mehr da. Nur die Kirche steht fest verankert im Boden und die Glocke schlägt, als würde sie sagen wollen, dass alles gut wird, dass wir nicht allein sind. Dabei sind wir genau das – allein, obwohl wir so viele sind.

Ich spüre, wie mir etwas Warmes seitlich am Bauch herunterläuft und mir wird klar, dass es nur mein eigenes Blut sein kann. Vorsichtig schaue ich nach unten und sehe, dass ich recht habe. Ein klagendes Seufzen verlässt meine Kehle. Langsam drehe ich meinen Kopf, alles pocht und dröhnt, für einen Moment erscheinen schwarze Punkte vor meinen Augen. Das Bild vor mir verschwimmt, bis ich über mir den Himmel sehe, fast verdeckt hinter dem aufsteigenden Rauch. Wie von selbst hebt sich mein Arm. Meine Hand umschließt das Kreuz, das um meinen Hals hängt und ich beginne zu beten. Wo bist du? Warum lässt du so etwas zu? Die Sünder fügen uns Schaden zu und sie werden nicht aufhören. Die Gläubigen waren immer für alle da – auch für die Sünder. Warum bist du jetzt nicht für uns da? Du schreitest nicht ein, beendest es nicht. Nein, stattdessen holst du uns zu dir – alle, wie wir hier unten sind. Ich kann hören, wie es leiser wird, wie einer nach dem anderen verstummt. Bald ist es vorbei und dann bin auch ich fort.

Tränen laufen über mein Gesicht. Will ich zu dir? Ich wehre mich gegen das wohlige Gefühl, das langsam meine Seele umhüllt. Ich bin noch nicht bereit! So kann ich nicht gehen! Es tut mir leid, dass ich in deinen Augen nun auch ein Sünder bin, dass ich aufgehört habe, mein Leben der Kirche zu widmen und dass ich diesen Moment – meinen letzten Moment – nicht mit dir, sondern mit ihr verbringen möchte. Sie hätte nicht mit mir gesündigt, hättest du mich davon abgehalten. Ist das der Grund für diese Bestrafung? Weil ich dich belogen habe? Ist ein glückliches Leben etwa eine Lüge? Sie war immer für mich da, wenn du es nicht warst.

Und doch sind es am Ende wohl nur du und ich.

Aber das will ich nicht wahrhaben, also nehme ich alle Kraft zusammen und rufe nach ihr: »JULIE!« Keine Antwort, meine Kehle brennt, doch ich rufe erneut: »JULIE!« Mein Leben lang warst du an meiner Seite und jetzt lässt du mich im Stich? Julie, ich will dich hören, dich fühlen, dich ein letztes Mal sehen. Wenn du schon der Grund bist, warum ich diese Strafe über mich ergehen lassen muss, dann sei bitte an meiner Seite. Sieh zu, wie ich kämpfe, wie ich schwinde, wie ich erliege und wie sich die von Gott geschickte Asche auf meinen kalten Körper legt.

Schmerzerfüllt huste ich, meine Lippen werden für einen Moment feucht und warm, und meine Augen fallen wie von selbst zu. Dunkelheit umgibt mich. Ich spüre keine Angst, nehme die Schreie nicht mehr wahr, spüre auch die Hitze nicht mehr, die sich auf meinem Körper so fremd anfühlt. Obwohl mir das Atmen schwerfällt, fühlt es sich an, als würde jemand eine Last von meiner Brust nehmen.

»Julie«, flüstere ich und greife ins Leere. Nur noch einmal deine Stimme hören, deine Fingerspitzen auf meiner Haut spüren. Wir haben alles gemeinsam durchgestanden, warum dann nicht auch das hier?

Doch sie ist es nicht, die die Last von mir nimmt. Denn die Dunkelheit schwindet und es wird hell, obwohl meine Augen geschlossen bleiben. Ein Licht erscheint, erst sachte, dann immer stärker. Ohne mich körperlich zu bewegen, fühle ich, wie ich mich seelisch von der echten Welt abwende, wie ich von diesem hellen Licht angezogen werde.

»Julie«, flüstere ich erneut schluchzend und versuche, mich zu wehren. Ich will nicht! Ich will das nicht allein durchstehen! Bitte finde mich und gehe diesen letzten Schritt mit mir!

Das Licht flackert, schwindet hier und da, wird ungleichmäßig und eine Silhouette erscheint. Ich reiße die Augen auf und mit einem Mal ist alles anders. Keine Schreie, kein Blut, kein Feuer, kein Glockenschlag, kein Prediger und kein Sünder. Nur zwei Menschen, die einander lieben – unabhängig jedweder Situation.

»André«, höre ich sie, diese süße liebliche Stimme und mein Herz pumpt ein letztes Mal das Blut in einem atemberaubenden Tempo durch meine Venen. Ihre zarten Hände berühren weich mein Gesicht. Sie ist da, so wie sie immer bei mir war. Gegen den Himmel, der noch immer mit Rauch bedeckt ist, kann ich sie nicht sehen. Nur ihre Silhouette nehme ich wahr. Doch sie ist da, lässt mich ihre Stimme hören und ihre Haut spüren.

Mir wird warm, obwohl es um mich herum so kalt ist. Alles ist zerstört, Menschen sterben, die Glocke verstummt und ich spüre, wie die von Gott geschickte Asche auf meinen Körper fällt.

# I WANT TO BREAK FREE

E. Marwood

Queen - I want to break free

Rückblickend war das eine der waghalsigsten und dümmsten Sachen, die ich je in meinem Leben gemacht habe. Würde ich es noch einmal tun? Definitiv.

Ich erinnere mich noch genau daran, wie aufgeregt ich vorher war, weil ich dachte, meine steife Haltung würde mich verraten und dann wäre es aus und vorbei. Zu meinem Glück schoben die Wärter mein merkwürdiges Verhalten auf die Gerichtsverhandlung am nächsten Tag.

»Heute ist deine einzige Chance, also musst du es schaffen. Du musst es einfach schaffen!«, sagte ich mir selbst zum tausendsten Mal am folgenden Morgen. Unruhig ging ich in meiner Zelle auf und ab, während ich darauf wartete, dass einer der Wärter, Marvin, die Tür aufschloss. Wegen ihm machte ich mir keine großen Sorgen, da man ihn nicht gerade als intelligent bezeichnen konnte. Mein Plan war eher schlecht und ziemlich löchrig, jedem anderen wäre das aufgefallen, aber er war eben alles, was ich hatte.

Marvin tat mir fast schon leid. Heute war er besonders gut gelaunt und erzählte begeistert von dem neuen Kuchenrezept, das er gestern ausprobiert hatte, während er mich und meine Zellengenossin, Tris, zum Aufenthaltsraum brachte. Ich hörte ihm die meiste Zeit über nicht wirklich zu und konzentriere mich stattdessen darauf nicht in Panik auszubrechen. In den vorigen Tagen hatte ich die Aufregung noch gut verdrängen können, da alles so unreal und weit entfernt wirkte, doch nun steigerte ich mich immer weiter in meine Zweifel hinein.

Was, wenn genau das, was ich im Moment tat, das Falsche wäre? Was, wenn ich blieb und morgen endlich etwas Gerechtigkeit erfahren würde und Beweise für meine Freisprechung auftauchten? Doch selbst wenn die Mordanklage fallen gelassen werden würde, hätte mich das noch lange nicht aus dem Gefängnis gebracht. Liams Netz aus Lügen war es, das mich gefangen hielt, verschlossen hinter Gittern für andere Taten, die ich nicht begangen hatte. Auch nach all den Jahren habe ich nie herausgefunden, wie er es geschafft hat, all die Autodiebstähle und Tankstellenüberfälle, die er mit seiner verrückten Gruppe unternommen hatte, mir anzuhängen.

Was, wenn etwas bei der Flucht schief gehen würde? Wenn ich mich verletzen würde, oder man mich schnappte? Eine Flucht kam einem Geständnis gleich, dann hätte ich nichts mehr auf das ich hoffen konnte.

Was, wenn Tris mich verraten würde? Sie war zwar meine Komplizin, aber nach dem, was Liam getan hatte, würde mich auch ihr Verrat nicht mehr überraschen.

Das Geräusch, als die nächste Hochsicherheitstür aufging, riss mich aus meinen negativen Gedanken zurück in die Wirklichkeit. Im Moment standen nur noch ein paar verschlafene Wärter, zwei normale Türen und die Sicherheitsschleuse zwischen mir und meiner Freiheit.

Ich holte noch einmal tief Luft und hoffte, dass meine zitternde Stimme Marvin nicht misstrauisch machen würde.

»Also… ich habe eine Frage«, setzte ich an. Marvin blieb neben mir stehen und schaute verwundert.

Auf einmal waren alle Sätze, die ich mir für diesen Moment zurechtgelegt hatte wie ausgelöscht.

Tris verdrehte die Augen und ging langsam auf den Feueralarm zu. Marvins Aufmerksamkeit löste sich von mir und wandte sich Tris zu.

»Was machst du da?«

»Finden Sie nicht, dass es nach Rauch riecht?«, griff ich hastig ein.

Marvin wandte sich wieder mir zu.

»Rauch? Findest du? Also mir kommt alles normal vor –«

Doch die paar Sekunden Ablenkung hatten gereicht, damit Tris die letzten Schritte machen und den roten Knopf betätigen konnte.

Es erschallte eine schrillende Sirene und Marvin geriet sofort in Panik.

Jetzt mussten wir darauf hoffen, dass man die Gefangenen auf den Parkplatz evakuieren würde, da der Hof vom Gebäude umgeben und daher im Falle eines Brandes viel zu gefährlich war. Marvins Funkgerät erwachte zum Leben und eine hektische Stimme gab mehrere Befehle durch.

»Wir sollen das Gebäude verlassen, bis geklärt wurde, ob es einen echten Brand gibt« Er ging los in Richtung Ausgang, denn der war näher als die Notausgänge.

»Meint ihr wirklich, es riecht nach Rauch?«, fragte Marvin unsicher.

»Total stark. Es ist kaum auszuhalten!«, redete ich auf den armen Wärter ein.

Auf dem Weg begegneten uns andere Wachleute und jedes Mal hielt ich die Luft an, wartete darauf, dass sie uns aufhielten, um uns zurück in die Zelle zu stecken, doch keiner würdigte uns eines Blickes.

Marvin führte uns zielstrebig weiter, vorbei an der Hochsicherheitstür und seinen gestressten Kollegen. Dann endlich bogen wir in den letzten Flur ein, der durch das Licht der Eingangstür hell erleuchtet war. Der Metalldetektor an der Sicherheitsschleuse war abgestellt worden – vermutlich damit er nicht losging, wenn ein Wärter Häftlinge nach draußen brachte -, und wir konnten problemlos passieren.

Kurz darauf schlug mir die kalte Herbstluft entgegen, gefolgt von einem befreienden Gefühl, das meine Panik fast komplett vertrieb.

Zwischen mir und dem Parkplatz lagen jetzt nur noch ein paar wenige Stufen.

Als Marvin uns die Treppe hinunter führte, gab ich vor zu fallen und riss ihn mit mir zu Boden. Während er aufstand, zog ich den Schlüsselbund aus seiner Halterung mit einem Trick, den Liam mir beigebracht hatte.

»Tut mir leid!«, log ich.

»Ist doch nicht schlimm. Hast du dich verletzt? Nein? Okay gut. Dann ist ja alles in Ordnung. Lass uns weitergehen.«

Liam hatte mir damals gezeigt, wie man andere Menschen betrügt und bestiehlt, hatte mir beigebracht, wie man sich nicht schnappen lässt und Freunde hintergeht. Eigentlich hätte ich nicht so überrascht sein sollen, als er mich aus Rache dafür, dass ich mit ihm Schluss gemacht hatte, ins Gefängnis steckte.

Tris und ich mischten uns unter die anderen Insassen. In den letzten Wochen hatten wir Gerüchte unter ihnen verbreitet und die Stimmung war nun ziemlich angespannt. Alles, was es jetzt noch brauchte, waren ein paar Schubser und ein Fingerzeig auf eine andere Person und schon hatten wir eine Schlägerei angezettelt.

Die Wärter versuchten verzweifelt die Kämpfenden auseinanderzubringen, also rannten Tris und ich los.

One Short Year

Ich musste nur ein paar Mal den Autoschlüssel an Marvins Schlüsselbund drücken, bevor das richtige Auto anging und wir reinsprangen. Die wütenden Rufe der Wärter ignorierend, schaltete ich den Motor ein und fuhr, so schnell ich es mit zutraute, vom Parkplatz.

## THE DEVILS OPERA

Melanie Lane

Ava Max - Kings and Queens

Die Kulisse war atemberaubend. Ein Konzert in der berühmten Dresdener Semperoper. Zwei Mal niedergebrannt und drei Mal wiederaufgebaut, war das Opernhaus eines der bekanntesten spätklassizistischen Bauwerke ganz Europas. Aber ich saß nicht im Publikum. Nein. Ich stand auf der Bühne.

Im Programmheft prangte mein Name: Emilia Callettini. Aufgewachsen in einfachsten Verhältnissen, war ich nun der Star auf einer der bedeutendsten Bühnen der Welt. Und das alles hatte ich einzig und allein ihm zu verdanken. In den Kreisen der Reichen und Schönen kannte man ihn als Dimitri Ferre. Er zählte zu den einflussreichsten Männern unseres Zeitalters. Man respektiert ihn. Ich aber hatte gelernt, ihn zu fürchten. Denn ich kannte seine andere Seite. Dimitri war zwar ein Connaisseur der feinen Künste, ein Gentleman und Charmeur, aber auch der Teufel. Das war kein Spitzname, keine Analogie oder ein Wortspiel. Er war der Teufel. Buchstäblich. Und ich war einen Handel mit ihm eingegangen. Fünf Jahre durfte ich dieses glorreiche Leben bereits leben. Fünf Jahre, für meine Seele. Das mochte kurz erscheinen, wurde man mit zweiundzwanzig allerdings mit unheilbarem Krebs diagnostiziert, wurden fünf Jahre auf einmal zu einem ganzen Leben. Es war immer mein Traum gewesen, Opern zu singen. Für ein Mädchen wie mich ein unerreichbares Ziel. Also hatte ich nach einem Ausweg gesucht und war nach langem Hin und Her im Internet bei dem Thema Zauberei gelandet. Natürlich war ich davon ausgegangen, dass es Humbug war. Bis zu dem Moment, indem ich mir selbst die Pulsadern aufschnitt und den Zauberspruch sprach, den ich im Wicca-Onlineforum gefunden hatte. Zu der Zeit hatte ich es so gesehen: entweder ich starb, was sowieso bald passieren würde, oder aber es funktionierte. Es hatte funktioniert. Die Lampen in meinem spärlichen Zimmer waren explodiert, der Boden hatte vibriert und in einer schwarz-roten Rauchschwade war er erschienen. *Daevon*, wie er sich selbst nannte. Ein Advokat jener, die eine zweite Chance herbeisehnten. Seine Aussage, nicht meine. Zu dieser Zeit, halb verblutet, auf meinem abgenutzten Holzfußboden liegend, hatte ich ihm geglaubt. Jetzt wusste ich: es war absoluter Bullshit. Ja, ich lebte. Und ja, ich war berühmt. Daevon hatte mich über Nacht zum Star der Opernwelt gemacht. Zur Primadonna. Heute jedoch würde dieser Traum enden. Meine Zeit war abgelaufen.

Es war irgendwie passend, dass mein letztes Stück die Königin von Saba war. Ich zog das Korsett meines prachtvollen Kostüms zurecht. Von Königen und Königinnen, so nannten wir das Stück hinter den Kulissen. Kings and Queens. Für rund vier Stunden würde ich eine Königin mimen, ehe ich mich dem König der Unterwelt ergab. Wenn es sie denn gab, die Unterwelt. Ehrlich gesagt, hatte ich keine Ahnung, was mich erwartete.

Feuer, Asche, Qualen, das ewige Nichts? Mittlerweile schlug mein Herz so schnell, dass ich meinte, das Organ wolle aus meiner Brust springen. Durch Fleisch und Knochen und drei Lagen Tüll und Spitze.

*Du wusstest, dass der Tag kommt, Emilia.*

Ich tat einen tiefen, einen sehr tiefen Atemzug. Heute Abend würde ich sterben. Endgültig.

»Emilia?«

Eine der Bühnen-Assistenten eilte mit Klemmbrett und Walkie-Talkie in den Händen auf mich zu.

»Sind Sie bereit?«

War ich? Nein. Ich hatte genau 1825 Tage Zeit gehabt, mich auf diesen Moment einzustellen. Das Leben war gut zu mir gewesen und ich hatte es genossen. Nun war es an der Zeit, Abschied zu nehmen. Wild entschlossen diesen Auftritt zum denkwürdigsten meiner Karriere zu machen, lächelte ich der sichtlich nervösen Assistentin zu.

Ich kannte die Prozedur in- und auswendig. Das Licht erlosch. Stille breitete sich aus und der Vorhang hob sich. Das Orchester kündigte mich mit einem dramatischen C-Dur an, während ich bedächtig die imposante Bühne der Oper betrat. *Showtime.*

Ich nahm meinen Platz in der Mitte des auf Hochglanz polierten Dielenbodens ein und gab mir selbst eine Minute, mich an das grelle Licht der Scheinwerfer zu gewöhnen. Dann ließ ich den Blick durch den Opernsaal schweifen, bis meine grünen Augen in ein Paar schwarzer, glühender Kohlen blickten. Er war gekommen. Natürlich war er gekommen. Er wollte mich singen hören, nur um mich dann sterben zu sehen. Sogar auf die Entfernung konnte ich das schiefe Grinsen auf seinen Lippen und das gierige Funkeln in seinen Augen erkennen. Ich gehörte ihm, und er wusste es.

Langsam faltete ich die Hände vor dem Bauch und begann zu singen. Als die ersten Silben über meine scharlachrot geschminkten Lippen kamen, empfand ich die mir vertraute Erleichterung. Das war es, was ich liebte.

Mit geschlossenen Augen gab ich nach und verlor mich in der Musik. Absolute Stille beherrschte in dem majestätischen Saal, als ich über die Königin von Saba, Assad und ihren phantastischen Garten aus Palmen, Zedern und Rosensträuchern sang. Ich legte alles in meine Stimme. Kummer, Trauer und Verzweiflung, aber auch Dankbarkeit. Dies war nicht einfach nur eine Operette, es waren pure Emotionen. Meine Emotionen. Als das Stück endete, war ich nicht nur Schweiß gebadet, Tränen liefen mir über die stark geschminkten Wangen. Mit diesem Auftritt war mir ein Eintrag in die Geschichtsbücher sicher. Der Saal applaudierte. Die Menschen jubelten und warfen Rosen. Und inmitten der stehenden Ovationen sah ich ihn wieder. Daevon. Sobald ich ihn erblickte, begann seine Gestalt zu flackern und sich zu verändern. Ein rotes Glühen ging von ihm aus. Ein Licht, das nur ich zu bemerken schien. Das Blut in meinen Adern begann zu rauschen und am liebsten hätte ich mich umgedreht und wäre geflüchtet. In diesem Augenblick erkannte ich mit Klarheit, dass ich die nächste Minute nicht überleben würde. Die Schattengestalt mir gegenüber nickte und ich tat einen letzten, zittrigen Atemzug, ehe der Stahlträger über mir mit rasender Geschwindigkeit auf mich herabsauste.

Das Letzte, an das ich mich erinnerte, waren die Schreie. Ich selbst hatte nicht geschrien. Mit geschlossenen Augen hatte ich mich meinem Schicksal gestellt. Was auch immer mich jetzt erwartete, ich hatte dieses Schicksal gewählt.

Als ich meine Augen nun wieder öffnete, war ich sicher, dass die Hölle mich erwartete. Umso erstaunter war ich, als ich in ein Paar warmer, brauner Augen in einem jugendlich attraktiven Gesicht blickte. Gleichzeitig vertraut und fremd.

Ich blinzelte. Hektisch. Verwirrt.

»Fünf Jahre habe ich auf dich gewartet, Emilia.«

Ein anziehendes Grinsen breitete sich auf dem Gesicht des Teufels aus.

»Willkommen Zuhause, meine Königin.«

## M O N A T  2

# Evil is a Point of View

Mit diesem Zitat von Anne Rice, die dafür bekannt ist, ihre Antagonisten als Helden zu schreiben, wollten wir einen neuen Blick auf das Böse werfen.

Unsere Autor:innen fühlten sich dazu inspiriert, den Tod und die Liebe einmal ganz neu zu betrachten. Außerdem erwartet dich eine vermeintlich gute Tat, eine verheerende Entscheidung und eine zauberhaft gruselige und wehmütige Geschichte um neue Mieter in einem alten Haus.

Short Story Collection

## DIE GELIEBTE, IHR MANN UND SEINE FRAU

Avelyna

Es war ein Montag.

Marianne steht am Herd und kocht sein Lieblingsgericht. Er vergöttert Lasagne, das weiß Maria auch. Pünktlich um sechs Uhr hört Marianne, wie sich der Schlüssel im Türschloss dreht und er tritt ein. Schnell legt er seinen Mantel ab, den aus Brokat, stellt die Lederschuhe fein säuberlich in die Ecke und gibt ihr einen Kuss. »Hmm, Lasagne«, murmelt er in ihren Nacken und umarmt sie innig. Er weiß, dass sie das vergöttert.

Mit einem kleinen Schubs lenkt Marianne den wichtigsten Menschen ihres Lebens in Richtung Spülmaschine. Langsam fängt er an, sie auszuräumen. Bei einigen Sachen blickt er fragend zu ihr herüber und mit einem Kopfnicken zeigt sie auf die jeweiligen Schränke, in die er das Geschirr dann einräumt. Sie genießt es, ihren Mann bei sich zu haben und blickt ihn verstohlen von der Seite an. Dabei huscht ihr ein kleines Lächeln über die Lippen

Die Lasagne ist fertig.

Feierlich präsentiert Marianne ihr Werk auf dem Tisch. Er ist für Drei gedeckt. Marianne scheint immer nervöser zu werden. Ständig schaut sie auf die Uhr und rückt das perfekt liegende Besteck gerade. Liebevoll nimmt er sie in den Arm und flüstert etwas in ihr Ohr.

Maria kann leider nicht verstehen, was er sagt. Das Fenster trennt die beiden voneinander. Sie beobachtet noch einige Sekunden, wie sich das Paar umarmt, dann kniet Maria sich vor ihre Tochter und schaut ihr in die Augen. »Siehst du, Jana? Papa hat keine Zeit für dich. Er hat eine neue Familie gefunden. Er liebt uns nicht mehr. Sei nicht traurig, ja? Wir sind auch ohne Papa eine Familie.«

Schweigend, das Fenster keines Blickes würdigend, gehen Mutter und Tochter zum Auto und fahren davon.

Was jedoch keiner bemerkte, war das zufriedene Lächeln Mariannes, das sie an der Schulter ihres Geliebten verbarg, während sie seiner Frau nachblickte.

## L I E B E

Linda Roß

Ich steche zu. Ich lege meine ganze Kraft in die Bewegung. All meine Emotionen. Den Hass. Den Ärger. Die Eifersucht. Er wollte sie mir wegnehmen. Er wollte, dass ich sie nie mehr für mich habe. Ich hätte sie verloren. Das Messer dringt in seinen Brustkorb ein. Man könnte meinen, dass es einfach wäre, aber ich habe in meinem ganzen Leben noch nie so einen Widerstand gespürt. Er kann sich nicht mehr wehren. Ich ziehe das Messer wieder heraus und hole aus. Steche zu. Ich denke an sie. Ihre süßen Lippen, ihre Kurven, ihre Haare, ihre weiche, zarte Haut. Sie ist das Beste, was mir je passiert ist. Durch sie habe ich zu mir selbst gefunden. Die emotionslosen Affären nahmen ein Ende, ich schrieb den Männern ab und konzentrierte mich nur noch auf sie. Ich drang unauffällig in ihr Leben ein, ohne irgendetwas auf den Kopf zu stellen. So wie sie mein Leben durcheinandergebracht hatte, wollte ich in ihrem eine Konstante sein. Ich war immer da, aber nie aufdringlich. Immer zur Stelle, aber ohne zu nerven. Das war schwer. Am liebsten hätte ich jede Sekunde jeden Tages mit ihr verbracht. Aber starke Frauen brauchen keine Retter. Wie ihn. ER war immer da – indem er sich aufdrängte. Er war immer zur Stelle – und er hat mich genervt wie nie ein Mann zuvor. Und seht, wohin ihn das jetzt gebracht hat. Als ich das Messer wieder hebe, spritzt mir sein warmes Blut ins Gesicht und auf die Kleider. Ich bin über und über damit begossen. Ich fühle mich dreckig. Nicht wegen des Blutes an sich, nein, das hat mir noch nie etwas ausgemacht. Eher, weil es SEIN Blut ist. Das Blut dieser ... Ratte. Dieser Schlange. Ich steche wieder zu. Er hat nicht nur meinen Plan zerstört, sondern auch ihr Leben. Er hat ihr etwas angetan, was sie nicht verdiente. Er hat sie in Fesseln gelegt. Sie ist rein. Sie ist pur. Sie ist wie ein Engel in meinem Leben erschienen, aber er hat ihr alles Licht genommen und sie in die Dunkelheit gestoßen. Sie hat das nie gezeigt. Nicht öffentlich. Aber ich habe es in ihren Augen gesehen. Ich spüre sie wieder. Diese dunkle, sprudelnde Quelle tief in mir, die mich befähigt, all das hier zu tun. Sie zu rächen. Ihr Licht zurückzuholen. Ich greife danach und lasse mich vollkommen von dem Gefühl überwältigen. Ich gehe darin unter und löse mich darin auf. Ich sehe ihr Gesicht darin, ihre Augen, ihre Wangen, ihre Lippen. Wie sie mir ermutigend zuflüstern: »Du schaffst das! Tu es für mich!« Ihr Gesicht ist alles, was ich sehe, ihre Stimme alles, was ich höre, während ich wieder und wieder auf ihn einsteche, bis ich nicht mehr weiß, wie oft ich es schon getan habe. Ich höre das Klicken einer Türklinke. Ich hebe beide Arme schützend vor meinen Körper und drehe mich zur Türe. »Elena?«, flüstert sie. Ihre Stimme klingt anders. Zerbrechlich, besorgt? Nein, ängstlich. »Du brauchst keine Angst zu haben«, sage ich. »Ich habe mich um ihn gekümmert. Du bist frei.« Ihr Blick fällt auf seinen toten Körper hinter mir. »Was?«, fragt sie, mit zitternder Stimme. »Jetzt kann er dein Licht nicht mehr stehlen. Jetzt bist du für immer frei!« Das Geräusch, das sie nun macht, kann ich nicht zuordnen. Ist es ein Triumphschrei? Sie bricht zusammen. Kauert auf dem Boden und fängt an zu weinen. Mir gleitet das Messer aus der Hand. Das klappernde Geräusch, als das Messer den Boden berührt, hallt durch den Raum. Ich stehe da, blutüberströmt, neben mir die Leiche des Mannes, der Ihr Licht stahl und nur wenige Meter von uns entfernt liegt sie, geschüttelt von Schluchzern, die ihren ganzen Körper erbeben lassen. Durch die hohen Fenster fallen die ersten Sonnenstrahlen des Tages und tauchen sie in warmes Licht. Ihre Schönheit ist überwältigend. Sie blickt auf, und das Einzige, was ich in ihren Augen erkenne, ist schwarz brodelnder Hass, der es nicht schafft, die tiefe Verzweiflung zu verbergen. Ich habe sie verloren.

## 7 8 3

### Sandra M. Wolf

Als Joshua erwacht, sitzt er. Er hebt seinen Kopf. Er muss eingeschlafen sein. Der Raum ist spartanisch eingerichtet. Ein schwarzer Tisch, zwei Stühle in derselben Farbe. Rings um ihn weiße Wände. »Wo zur Hölle bin ich?«

»Frag nicht.« Eine Frau steht auf einmal in einer Ecke des Raums. Mit jedem Schritt, den sie sich ihm nähert, wird ihr dunkles Kleid weißer. Graue Haare schlängeln sich wie Ranken um ihren schlanken Körper. Ihr Gesicht dagegen ist jugendlich.

»Bin ich tot?«

»Sieht der Tod in deiner Vorstellung so aus?« Sie setzt sich ihm gegenüber an den Tisch.

»Ich habe mir nie große Gedanken über das Jenseits gemacht. Ich dachte, ich hätte mehr Zeit.« Joshua versucht, sich zu erinnern. Wie und wieso ist er hier?

»Du wurdest von einem Auto niedergefahren.«

Joshua sieht der Frau in die Augen. Ihre Worte hallen in seinem Hirn wider. Er hat keine Erinnerungen an die letzten Minuten seines Lebens. Er kann sich nicht einmal daran erinnern, was er gestern oder vor einem Jahr getan hat. Ist das die Hölle oder …?

»Ich weiß es nicht. Ich denke, es ist nichts von beidem.«

»Wie machst du das? Du liest meine Gedanken, oder?«

»Es gibt mehr als eine Art zu kommunizieren. Und nun lass uns spielen.«

Die Frau zieht eine Lade im Tisch auf und holt drei Bretter mit dazugehörigen Figuren heraus. Eines mit 32 Schachfiguren. Eines mit 181 schwarzen und 180 weißen kleinen, flachen Steinen und eines mit seltsamen hölzernen geometrischen Formen.

»Was passiert hier?«

»Ich erzähle dir alles, wenn das Spiel zu Ende ist.« Die Frau lächelt.

Joshuas Körper versteift sich. Er versucht, seine Gedanken in geordnete Bahnen zu lenken. *Ich wurde überfahren. Ich bin an einem mir unbekannten Ort. Eine hübsche Frau steht vor mir.* Sein früheres Ich hätte selbstbewusst gesagt: »Lass die Spiele beginnen. Oder möge das Glück mit uns sein.« Jetzt weiß er nicht mehr, was er sagen soll.

»Welches wählst du?«

Joshua überlegt. Go schließt er gleich aus. Er kennt es nur vom Namen her. Spiel der Götter. Wie passend. Schach hat er als Kind ein paar Mal ausprobiert. Er hat die anderen Figuren noch nie gesehen. Die Chancen dieses Brettspiel zu gewinnen, schätzt er als sehr gering ein.

»Wie nennst du dich?« Diese Frage brennt ihm schon seit Minuten auf der Zunge.

»Die meisten nennen mich Tod oder Sensenmann. Es stört mich nicht, wenn sie denken, ich wäre männlich.«

»Aber wie nennst du dich?«

»Ich habe keinen Namen. Aber du kannst dir einen geben, wenn du gewinnst.«

*Wenn ich gewinne? Was, wenn nicht?*

Die Sensenfrau blickt auf die drei Bretter auf dem Tisch. Joshua zeigt auf das Schachbrett.

Die Frau lächelt und fegt die anderen Spiele vom Tisch. »Gute Wahl.«

Joshua bereut seine Entscheidung. Sicher wählen die meisten Schach. Es ist das bekannteste Spiel auf dem Tisch. Sie muss viel Erfahrung darin haben. Er blickt auf die Figuren auf dem Boden und fühlt sich ein bisschen wie sie. Weggeworfen und zerstört. Dann blickt er der Frau wieder ins Gesicht.

»Nun sieh mich nicht so an. Ich kann nichts dafür. Wir müssen da beide durch. Und bevor du fragst, das Dritte habe ich vor zweihundert Jahren aus Langeweile aus einem Stück Treibholz geschnitzt. Es hat wie ich keinen Namen. Hättest du es gewählt, hätte ich mir die Regeln ausdenken müssen.«

*Zweihundert Jahre? Dafür sieht sie noch verdammt gut aus.* Der Tod ist friedlich, hatte er einmal gelesen. Die Leute gehen gerne ins Licht. Viele sterben mit einem Lächeln auf den Lippen. *Sie macht ihre Sache gut, all die Ruhe, die sie ausstrahlt.*

»Danke und danke. Schwarz oder weiß?«

Joshua überlegt und wählt die Farbe am anderen Ende des Brettes. Die Sensenfrau dreht das Schachbrett um, wirft ihre Haare nach hinten und lässt ihre Finger knacken. Sie macht ihren ersten Zug und fährt mit einem weißen Bauer auf F3.

Das ist der dümmste Zug, den man machen kann. In jedem Film hat er gesehen, man muss am Anfang die Mitte des Feldes besetzen. Er setzt seinen ersten Bauern auf E5 und erwartet, dass die Sensenfrau das Gleiche tun wird.

Ihr nächster Zug verwirrt ihn jedoch. Sie nimmt einen weiteren Bauern und setzt ihn auf G4.

Joshuas Hände zittern, als er die Königin auf H4 ziehen lässt und den gegnerischen König mattsetzt. Ein Sterblicher hat den Tod besiegt. Er hat sie in nur zwei Zügen bezwungen. »Du hast mich gewinnen lassen, nicht wahr?«

»Ja.«

»Ich verstehe nicht.«

»Wenige verstehen das Leben und keiner den Tod. Mich hat jemand ermordet. Dann spielte ich mit einem alten Mann Schach und gewann. Er gab mir die Sense und sagte mir, ich müsse jetzt anderen den Lebensfaden durchschneiden. Dann verschwand er. Zeit für ein weiteres Spiel.«

*Noch eines? Sagte sie nicht gerade, sie hätte mit einem alten Mann Schach gespielt und gewonnen? Wenn wir weiterspielen, dann…* »Ich nehme das seltsame Spiel am Boden.«

Sie legt ihm drei Würfel vor die Nase und nickt ihm zu. Die Würfel haben keine Augen, sondern Zahlen. Joshuas linke Hand zittert wieder, als er die Würfel in der Hand bewegt und dann auf den Tisch fallen lässt.

»Die Würfel haben entscheiden, wie viele Menschen du töten musst, um die Sense weiterzugeben.«

Joshua sieht auf das Ergebnis. Eine Sieben, eine Acht und eine Drei. Sieben und acht und drei sind fünfzehn. Das wird nicht genug sein. Wahrscheinlich muss man alles miteinander multiplizieren. Sieben mal acht mal drei ist 168.

»Du irrst dich.« Die Sensenfrau zeigt auf jeden Würfel und nennt die Zahl.

»783?«

»Es könnte schlimmer sein. Ich würfelte 918.«

Die Sensenfrau steht auf, verschwindet im Dunkel des Zimmers und tritt dann wieder aus dem Schatten. Die Sense in ihrer Hand sieht riesig aus. Sie reicht sie ihm. »Viel Glück. Und viel Spaß.«

Die Sense wiegt weniger, als er gedacht hat.

Das karge Zimmer verschwindet und er steht in einem anderen Raum. Eine Familie isst zu Abend. Joshua sieht ihnen kurz zu, dann entscheidet er sich.

## NACHMIETER GESUCHT

Sandra Bollenbacher

Meine Ururgroßeltern haben dieses Anwesen gebaut und seitdem lebte meine Familie hier, eine Generation nach der nächsten, bis zu mir. Ich bin die Letzte, die noch hier ist, und da ich keine Nachkommen habe, werde ich es auch bleiben. Irgendwann – wahrscheinlich, als mein Mann noch lebte, ich kann mich nicht so gut erinnern – haben wir wohl beschlossen, Teile des großen Hauses zu vermieten. Ich finde es nicht so schön, mich in meinem Alter immer wieder an neue Leute gewöhnen zu müssen, aber ich weiß auch nicht, wie ich es ändern kann. Das ist alles so kompliziert. Also lasse ich es über mich ergehen und versuche, mich damit zu arrangieren.

Gerade fährt wieder einer dieser großen Umzugswägen vor und ein Ehepaar mit drei Kindern schleppt Kisten und Möbel ins Haus. Die beiden Frauen sehen sympathisch aus, doch ich habe wenig Hoffnung, dass wir Freunde werden. Das älteste Kind, ein Mädel, ist bereits eine Jugendliche, doch die beiden Buben, Zwillinge, scheinen noch nicht älter als zehn zu sein, das ist schön. Kleine Kinder sind meistens freundlicher und aufgeschlossener. Doch am meisten freue ich mich, als sie zwei Tiertransportboxen aus dem Fahrzeug holen.

Für den Rest des Tages bleibe ich in meinem Zimmerchen unter dem Dach und lasse die Familie in Ruhe ankommen, Möbel aufbauen und Kisten auspacken. Bestimmt wurden wir einander schon vorgestellt – als sie zur Besichtigung kamen?

Ich weiß es nicht mehr. Jedenfalls will ich mich ihnen nicht aufdrängen.

Als sie schlafen, traue ich mich die Treppe hinunter. Ich bin mittlerweile ziemlich gut darin, mich lautlos durch das Haus zu bewegen, und wecke niemanden, als ich mich umsehe. Licht brauche ich keines – ich meide es lieber, denn es tut meinen alten Augen nicht gut. Außerdem könnte ich mich blind bewegen, kenne ich doch jeden Winkel meines Heims. Gefährlich wird es nur, wenn plötzlich ein Tisch dort steht, wo früher keiner stand, oder das Sofa an der falschen Wand.

In der Küche treffe ich auf die beiden Haustiere: Hund und Katze liegen aneinander gekuschelt auf einem dicken Kissen in der Ecke neben der Heizung. Beide spitzen die Ohren und schauen auf, als ich näherkomme. Ich gehe vor ihnen in die Hocke, biete meine Hand zum Schnüffeln an. Die Katze – ein wunderschönes Tier: pechschwarz mit bernsteinfarbenen Augen – faucht und schießt wie ein Pfeil an mir vorbei ins Esszimmer. Der Hund – ein alter Corgi – ist verunsichert, doch lässt sich schnell von mir beruhigen, und ich bin mir sicher, dass wir bald die besten Freunde sind.

Manchmal bekomme ich ein schlechtes Gewissen, dass ich mich so selten sehen lasse, oder mich überkommt das Bedürfnis nach Gesellschaft, dann setze ich mich zu den Jungs in den Garten, wenn sie spielen, oder schaue einen Film mit den Eltern. Das ist dann ganz nett.

Heute hat eine der beiden Frauen – ich kann mir Namen nie merken – Geburtstag. Schon die ganze Woche lang haben die anderen Familienmitglieder Überraschungen geplant und gestern Abend habe ich spontan beschlossen, auch etwas beizutragen. In der Nacht habe ich mich in die Küche geschlichen und Zimtschnecken gebacken. Es war etwas schwierig, weil die Küchenmaschine und die Waage nicht mehr funktionieren und ich alles mit den Händen machen und nach Gefühl abwiegen musste, doch ich glaube, sie sind mir ganz gut gelungen. Ich habe sie auf einem Teller auf dem Küchentisch angerichtet und warte gespannt auf ihre Reaktion.

Ich weiß nicht warum, aber sie haben mir nicht geglaubt, dass die Zimtschnecken von mir sind! Immer wieder habe ich es beteuert, doch nachdem sie zuerst die Tochter dafür verantwortlich gemacht haben, welche es natürlich vehement abstritt, haben sie die Teilchen in den Müll geworfen. So etwas Ungeheuerliches ist mir noch nie passiert! Ich bin wütend in mein Zimmer gerannt und habe nicht vor, heute noch einmal hinunter zu kommen.

Ich habe es nicht ausgehalten. Nach Sonnenuntergang bin ich doch runter und wollte die Damen zur Rede stellen, doch sie haben mir gar nicht zugehört. Sie waren ganz aufgelöst, sind weinend durchs Haus gerannt und hinaus in den Garten. Jetzt stehe ich an meinem Fenster und beobachte die Familie dabei, wie sie unter dem alten Kirschbaum ein Loch graben und etwas hineinlegen: rotblond, haarig. Der Hund?

Nachts schleiche ich mich wieder nach unten. Weder Hund noch Katze liegen auf ihrem Kissen, doch dann sehe ich beide im Garten: Die Katze hat das Fell aufgestellt und faucht den Hund an, welcher traurig zu mir schaut. Erleichtert lasse ich ihn hinein und nehme ihn mit hoch in mein Zimmer. Seitdem weicht er mir nicht mehr von der Seite. Ich nenne ihn »Hund«, weil ich mir Namen nicht merken kann.

Heute ist Halloween und das Mädchen hat Freunde zu Besuch. Normalerweise würde ich mich in meinem Zimmer verstecken, doch als sie eine Séance beginnen, luge ich neugierig durch den Türspalt. Vielleicht spukt der Geist meines verstorbenen Mannes ja in diesem Haus? Manchmal habe ich so ein Gefühl ... Hund drückt sich an mir vorbei und läuft aufgeregt bellend in den Raum und ich stolpere hinterher, doch die Jugendlichen sind hochkonzentriert und beachten Hund nicht. Plötzlich sieht mich das Mädel, das hier wohnt, an und schreit! Vor Schreck schreie ich auch und flüchte mich in mein Zimmer, Hund dicht auf meinen Fersen.

Jetzt habe ich mich wieder beruhigt und beschließe, mich zu entschuldigen. Sie schläft bereits, als ich in ihr Zimmer trete. Ich setze mich auf die Bettkante und rüttle ihre Schulter. Es dauert etwas, dann wacht sie auf. »Es tut mir leid–«, beginne ich, doch sie schreit los und schlägt wie wild um sich.

Eine ganze Woche lang traue ich mich nicht mehr aus meinem Zimmer, so unangenehm ist mir das alles. Was sie wohl über mich denken? Die verrückte alte Frau ... Manchmal höre ich die Familie, laute Stimmen, nervös, dann fährt eines Morgens wieder ein Umzugswagen vor und binnen weniger Stunden ist das Haus leer – bis auf Hund, den haben sie mir gelassen!

Wie komme ich jetzt an Nachmieter? Aber das wird sich sicher schon alles irgendwie regeln, wie immer. Hoffentlich mag die nächste Familie Hunde.

One Short Year

# B E N

Sophie Modrok

Eine Taube gurrte leise vor sich hin. Die Blätter in den Bäumen rauschten im Nachtwind. Ab und an huschte ein Tier über den verlassenen Fußweg, der an seinem Versteck vorbeiführte. Ben harrte aus. Wartete. Lauerte.

Rasch näherte sich ein Schatten, den er trotz der Dunkelheit schon von weitem als den Gymnasiallehrer Elsberg erkannte. Jeden Tag joggte der Typ zur selben Zeit hier entlang. Pech für ihn. Gut für Ben. Dieser streifte sich die Schlaufen der schwarzen Sturmhaube über die Ohren und zog die Kapuze ins Gesicht. Anschließend glitt er raubtierhaft hinter Elsberg aus seinem Versteck. Gerade rechtzeitig, um dem älteren Mann im Schein der Laterne noch im Augenwinkel aufzufallen. Hastig zuckte der Kopf des Joggers zurück. Seinem leicht panischen Gesichtsausdruck zum Trotz änderte er sein Lauftempo jedoch nicht. Währenddessen schlenderte Ben gemütlich hinter ihm her. Er holte einen Gegenstand aus der Tasche seines dunklen Hoodies. Bedächtig wog er das Metall in seiner Hand und staunte, wie beruhigend es mittlerweile auf ihn wirkte. Als sich Elsberg erneut umdrehte, ließ Ben das Messer in seiner Hand aufschnappen. Herausfordernd hob er es zum Gruß und legte den Kopf leicht schief. Wie all die Male zuvor reichte diese Geste. Sie waren doch alle gleich. Erbärmlich. Obwohl der Jogger bei dem Anblick hektisch losrannte, holte Ben schnell auf. Das Messer hatte er wieder geschlossen, um sich nicht versehentlich selbst zu verletzen. Anfangs hetzten die beiden noch über den befestigten Weg. Nach einer Weile aber ging Bens Plan auf und sie liefen quer durch die unbeleuchtete Grünanlage. Scheinbar hoffte der Ältere, auf diesem Wege schneller zur Hauptstraße zu kommen. Als er ins Straucheln geriet, ergriff Ben seine Chance. Er wuchtete seinen durchtrainierten Körper gegen sein Opfer und riss ihn zu Boden. Eine Weile rangen die Männer miteinander. Nach einem schwungvollen Faustschlag auf Elsbergs Nase vernahm Ben ein deutliches Knacken. Dennoch ließ der Kampf nicht nach. Erst als das Messer mit einem Klicken erneut aufsprang, erstarrten beide. Langsam stand Ben auf und positionierte sich über dem im Dreck liegenden Mann. Die Waffe richtete er weiterhin auf sein Gegenüber, welches ihn panisch anstarrte. Wieder legte Ben den Kopf schief und wartete die Reaktion ab. Er wusste aus Erfahrung, dass die Angst seiner Opfer mit jedem Moment, den er schwieg, größer wurde. Und das war es, worum es ihm ging. Angst. Sie sollten sie fühlen, atmen und nie mehr vergessen. Elsberg hob die Hände und versuchte, trotz der gebrochenen Nase zu Atem zu kommen. Schließlich hielt er es nicht länger aus und stammelte: »Was wollen Sie? Wollen Sie Geld? Ich gebe Ihnen alles, mein Geld, meine Uhr. Sie können mein Handy haben. Aber bitte, lassen Sie mich gehen. Niemand muss hiervon erfahren. Ich sage, ich bin im Dunkeln gestürzt. Bitte... sagen Sie endlich was.«

»Nein.«

Elsberg sah zweifelnd nach oben. »Nein? Nein, was?«

»Ich will deine Scheißuhr nicht, oder dein Geld. Und was soll ich mit deinem Handy? Willst du mich orten?«

»Nein! Ich werde niemandem etwas sagen. Ich mache, was Sie wollen, nur bitte lassen Sie mich gehen.«

Ben beugte sich herab und drückte mit dem Knie auf Elsbergs Brustkorb. Das Messer drehte er leicht in der Hand und presste es mit dem stumpfen Rücken gegen den Hals des Lehrers. Er wollte ihn schließlich nicht ernsthaft verletzten. Die Bewegung sollte lediglich seinen Standpunkt deutlich machen und ein bisschen mehr Angst schadete diesem Vorhaben nicht.

»Wie fühlt sich das an, betteln zu müssen und sich nicht wehren zu können?«, flüsterte er bedrohlich. »Glaubst du, es ist Zufall, dass ich dir hier begegnet bin? Nein! Ich habe auf dich gewartet.«

Elsberg wagte nicht, sich zu wehren. Die gebrochene Nase und Bens Gewicht auf seiner Brust machten ihm das Atmen fast unmöglich und mit dem Messer am Hals war er sicher kaum noch in der Lage einen klaren Gedanken zu fassen. Er versuchte offensichtlich das Gehörte zu verstehen, doch es machte keinen Sinn.

»Ich weiß nicht, was Sie meinen.«, keuchte er. »Kennen wir uns?«

Ben verstärkte den Druck seines Knies. »Sagen wir, ich kenne eine deiner Schülerinnen. Eine von den Besonderen, die dir im Materialraum helfen.« Er betonte das letzte Wort. »Ich denke, wir verstehen uns.«

Elsberg nickte kaum merklich.

»Ich kann dich nicht hören«, knurrte Ben.

»Ja, ich verstehe. Ich fasse sie nicht mehr an. Wirklich, ich schwöre es! Nur bitte, lassen Sie mich gehen.«

Langsam richtete sich Ben auf, steckte das Messer weg und blickte ein letztes Mal hinab.

»Es wäre besser für dich, wenn du dich daran hältst, Elsberg. Tust du es nicht, werde ich es erfahren und dich finden.«

Mit diesen Worten ließ Ben den blutenden, verängstigten Lehrer zurück. Über Umwege machte er sich auf den Weg zu seiner Wohnung. Er genoss die kalte Nachtluft und den letzten Rest Adrenalin in seinen Adern. Dieses Mal war es leicht gewesen. Er war zufrieden.

Zuhause angekommen, setzte sich Ben an den Laptop und rief den Chat im Selbsthilfeforum auf.

BEN: Es ist vorbei.

crying_rose: Was? Wie meinst du das?

BEN: So, wie ich es gesagt habe. Er wird dich in Ruhe lassen.

crying_rose: Was hast du gemacht?

BEN: Egal.

crying_rose: Danke Ben. Ich weiß nicht, was ich sagen soll.

BEN: Schon ok. Falls er etwas sagt oder tut, weißt du, wie du mich erreichst. Ciao

Er schloss den Laptop, stand auf und nahm einen Ausdruck des Foreneintrags von der Pinnwand, um ihn zu den anderen in seine Mappe zu legen. Mit einem erschöpften Seufzen strich er über den dunklen Einband und blickte dann wieder an die Wand voller Chatverläufe und Zeitungsartikel. Es waren so viele und sie alle liefen noch da draußen herum. In Freiheit. Auf dem Ausschnitt der Lokalzeitung mit der Überschrift »Erneuter Schicksalsschlag im Fall Lilly« blieb sein Blick länger hängen. In dem Artikel ging es um die Mutter eines vergewaltigten und ermordeten kleinen Mädchens. Sie hatte sich das Leben genommen, als es nach fast acht Jahren weiterhin keinen Hinweis auf den Mörder ihrer Tochter gegeben hatte. Der Ausschnitt endete mit einem Bild von Lilly und ihren Eltern. Darunter stand der Name des trauernden Vaters.

Bastian Enrico Nording.

B. E. N.

# VERDOPPLUNG

Marina C. Herrmann

Elena wurde auf dem Gang mehrfach angerempelt. Sie erntete böse Blicke und jemand meckerte, dass sie aus dem Weg gehen solle, wenn sie sich nicht sicher sei, wohin sie laufe. Dabei wusste sie das genau. Nur dieses Gedränge mochte sie nicht, es machte ihr Angst. Und dann diese schwarze Tür am Ende des langen Ganges, der aus ihrer Position wie ein dunkler Schlund wirkte. Viel lieber wäre sie jetzt in ihrer Kammer, in der sie sich den ganzen Tag lang Zahlen widmen konnte – allein.

Als sie das Ende des Flures mit zitternden Beinen und vor Angst pumpender Lunge erreichte, zog sie sorgsam ihre Jacke zurecht, bevor sie anklopfte. Bei der ersten Berührung mit dem kalten Material wurden einige kaum sichtbaren Kerben grün – sie durfte eintreten. Mit einem Geräusch, das an Feuer erinnerte, das mit Wasser überschüttet wurde, öffnete sich die Tür. Elena trat ein und der Eingang schloss sich hinter ihr.

Die Geräusche auf dem Flur verstummten sofort. Vorsichtig setzte sie einen Fuß vor den anderen, bis sie in der Mitte des Raumes stand, der ihr so unwirklich vorkam, wie noch kein Raum zuvor. Der Boden war ebenso schwarz, wie der dunkle Gang es gewesen war, doch die Wände waren weiß und mit goldenen Lampen versehen. Vor ihr stand ein Tisch in den gleichen Farben. An der rechten Wand standen ein ebenso weißes Sofa und drei Sessel. Ihr gegenüber war eine Küche, so sauber und aufgeräumt, als wäre sie noch nie in Benutzung gewesen. Und auf der linken Seite des Raumes war das größte Bedienpult, das sie je gesehen hatte. Elena streckte ihre Hand danach aus, als sich die Tür wieder öffnete und sie sich erschrocken umdrehte.

»Ah, Elena. Schön, dass du kommen konntest.« Harolds Stimme strahlte eine Vertrautheit aus, die ihr nicht gefiel. »Tut mir leid, dass ich dich habe warten lassen.«

»Ich bin gerade erst angekommen«, antwortete sie ehrlich. »Was wird hier bedient?« Sie deutete auf das Pult. »Ich sehe keinen Bildschirm.«

Über Harolds Gesicht zuckte ein Lächeln, als er an ihr vorbeischritt und mit einer Schlüsselkarte das Pult aktivierte. Es blinkte und piepte und die Wand hinter dem Pult verlor ihre weiße Farbe – es war ein Fenster, das nur weiß angestrahlt worden war! Als Elena zum ersten Mal in ihrem Leben sah, was sich hinter den dicken Wänden befand, vergaß sie für einen Moment all ihre Ängste. Vor ihr erstreckte sich das Universum in all seiner Pracht und genau in der Mitte thronte die Erde – der einzige von Menschen bewohnte Planet.

»Ich habe nach dir rufen lassen, damit du dir das hier anschaust.« Harold hatte sich an den Tisch gesetzt und deutete auf einige Zettel.

Elena schaute sie sich einige Minuten an. »Das können wir nicht machen«, hauchte sie.

Harold stand auf und ging zum Pult. »Deiner Reaktion nach zu urteilen, sind die Berechnungen also korrekt?«

Elena antwortete nicht, blätterte nur aufgeregt durch die Papiere.

»Gut.« Harold steckte eine weitere Schlüsselkarte in einen dafür vorgesehenen Schlitz und gab einen Code ein, daraufhin öffnete sich der nächste Schlitz, in den er eine neue Karte steckte. Elena sah, dass er insgesamt zehn von ihnen hatte.

»Wir haben einen Eid geschworen, die Erde zu beschützen. Wir dürfen das nicht machen!« Ihre Stimme wurde laut, doch das Zittern darin zeigte ihre Angst.

Harold stoppte, drehte sich zu ihr um und nahm sie an den Schultern. Er drückte sie auf einen Stuhl und sagte zaghaft: »Niemand wird sterben, alles ist gut.«

»Nichts ist gut.« Sie schlug seine Arme weg. »Die Erde zu verdoppeln ist nicht die Lösung des Problems. Damit schieben wir es nur auf und verdoppeln es ebenfalls.«

»Na und? Dann werden wir sie wieder verdoppeln und dann wieder und wieder. Die Menschen lernen einfach nicht, was es heißt, auf ihr Zuhause aufzupassen. All die Zerstörung, die Eisschmelze, die Radioaktivität, die Verschmutzung und die Kriege. So oft haben wir mit ihren mächtigsten Politikern diskutiert und doch gab es nie eine Veränderung.« Er hockte sich vor sie, als er sah, dass ihre Angst in Wut umschlug. »Die Erde wird verdoppelt. Der Klon erscheint in einem anderen Sonnensystem. Die Hälfte der Menschheit wird von dieser Erde gelöscht und auf die neue übertragen. Weniger Menschen bedeuten weniger Probleme. Das ist die Lösung, der alle Staatsoberhäupter zugestimmt haben. Amerika, Schweden, Deutschland, sogar Russland und Nordkorea. Sie haben alle zugestimmt, Elena. Die Erde wird verdoppelt und die Menschheit damit pro Planet halbiert.«

»Wir werden Paare trennen, Eltern werden ihre Kinder verlieren, Brüder ihre Schwestern, Freunde einander.« Elena war aufgestanden und sah auf die Erde, wie sie friedlich im All schwebte – so groß und doch so klein und so unwissend.

Harold widmete sich wieder dem Pult. »Das werden sie nicht wissen. Bei der Verdopplung werden ihre Erinnerungen an die Personen der anderen Erde gelöscht.«

»Und die Schwangeren werden den Vater des Kindes nicht mehr kennen? Kinder werden auf einmal keine Eltern mehr haben und werden sie niemals finden können. Was ist mit all den Fotos und Videos? Wir werden pure Verzweiflung und neue Konflikte auslösen!« Noch in diesem Moment werden so viele Menschen etwas gemeinsam unternehmen, während sie sich im nächsten nicht einmal mehr aneinander erinnern würden, sollten sie die Verdopplung vornehmen. Das konnte sie nicht unterstützen!

»Wenn ich Erinnerungen sage, dann meine ich auch Fotos und Videos. Alles wird angepasst. Das mit den Schwangeren und Kindern ist ein Punkt, das ist wahr, aber kein allzu großes Problem, damit kann man leben.« Harold hatte den letzten Code eingegeben und aus dem Pult erhob sich ein gläserner Kasten, in dem ein roter Knopf blinkte. Er wandte sich zu Elena um und fragte mit einem Blick auf die Papiere noch einmal: »Die Berechnungen sind also korrekt?«

»Nein«, sagte sie streng und hob das Kinn. Ihre Hände zitterten noch immer, doch sie hatte ihre Arme so eng vor ihrem Körper verschränkt, dass man er es hoffentlich nicht sehen konnte.

Harold lächelte. »Sie sind also korrekt.« Und bevor Elena vorschnellen und es verhindern konnte, drückte er den Knopf.

Short Story Collection

MONAT 3

# Bonding over Disagreement –
# In Uneinigkeit vereint

Mit diesem Prompt am Ende des ersten Vierteljahres haben wir unsere Mitstreiter:innen aufgefordert, sich zu fragen, ob man sich trotz Differenzen einig sein kann?

In einer der kommenden Geschichten müssen sich dieser Problematik nun zwei Brandstifter stellen. In einer humorvollen Wohlfühlgeschichte für Jung- und Junggebliebene zanken sich Hund und Katz. Außerdem werden wir in das Florenz des 15. Jahrhunderts entführt.

Um den Protagonisten die Möglichkeit zu geben, auf einen Nenner zu kommen, haben wir die vorgegebene Wortanzahl auf 1.500 erhöht.

Short Story Collection

One Short Year

# AD MORTEM FESTINAMUS

Noah Martin

Florenz, 1476

Die Piazza Santa Maria Novella lag fast vollständig im Dunkeln. Filippino und Elena waren die einzigen, die kurz vor Mitternacht noch auf dem Platz unterwegs waren.

Allerheiligen war keine Nacht, in der man freiwillig das Haus verließ, und die meisten Florentiner hatten wohl keinen Grund gehabt, sich nicht daran zu halten.

»Bist du wirklich sicher, dass wir das tun sollten?«, fragte Filippino und schluckte nervös. Er warf einen Blick auf die Fassade der Basilika, die in der Dunkelheit vor ihnen aufragte.

»Nein«, gab Elena leise zurück. »Aber wenn wir es nicht machen, wird Maestro Botticelli dich morgen aus der Werkstatt werfen und meine Eltern stecken mich in einen Konvent in Padua.«

Filippino nickte unsicher. Er wusste, dass sie recht hatte. Morgen würde sein Meister Sandro Botticelli ihren Auftraggeber in die Grabkapelle bringen, die sie mit einem Bildnis der »Heiligen drei Könige« schmücken sollten. Allerdings hatte Botticelli die Arbeit daran in letzter Zeit meist seinem Schüler Filippino überlassen. Und dieser hatte in der abgelegenen Kapelle nicht nur an ihrem Auftrag gearbeitet, sondern heimlich auch ein Bild von Elena gemalt.

*Es ist ja noch Zeit, um es mitzunehmen, und es zu verstecken,* hatte er sich immer wieder selbst versichert. Doch jetzt plante

Guaspare di Zanobi einen Besuch, um sich die Fortschritte seines Auftrags anzusehen. Und wenn Filippino nicht wollte, dass sowohl der Bankier als auch sein Meister in der Kapelle ein Bildnis Elenas, so wie Gott sie geschaffen hatte, vorfanden, mussten sie sich heute Nacht in das Dominikaner-Kloster schleichen, sei es nun die Nacht von Allerheiligen oder nicht.

Er zog einen Schlüssel aus der Tasche und öffnete eine kleine Seitenpforte, durch die er das Kloster meist betrat. Im Inneren des Gebäudes war es sogar noch dunkler als auf der Straße. Die Mönche hatten ihr Nachtgebet bereits verrichtet. Bis zur Matutin blieb Filippino und Elena noch genug Zeit, um in der Kapelle jeden Hinweis auf ihre heimlichen Treffen zu tilgen.

Filippino fand den Weg, der in die Kapelle führte, auch im Dunkeln, er war ihn oft genug gegangen. Er konnte Elenas Blick zwar nur erahnen, doch er schien ihm voller Vorwürfe zu sein, die er sich auch selbst machte: Wie konntest du das Bild nur hierlassen?

Aber sie schwieg, die Lippen fest zusammengepresst.

Der Kreuzgang der Toten, dachte er unwillkürlich. Schon bei Tag hier entlang zu gehen, war oft unheimlich, denn direkt unter ihnen befand sich ein unterirdischer Friedhof, in dessen Gruften seit vielen, vielen Jahren nicht nur die Dominikanermönche, sondern auch vornehme Bürger bestattet wurden. Der Kreuzgang war für viele Florentiner der Weg zu ihrer letzten Ruhestätte.

»Hast du das auch gespürt?«, flüsterte Elena.

Filippino nickte beklommen. Ein eiskalter Hauch war seinen Nacken entlanggefahren, als ob jemand plötzlich eine Tür in den Winter geöffnet hätte.

Mach dich nicht verrückt, ermahnte er sich selbst. Du weißt, dass das hier ein altes Gemäuer ist, in dem es zieht.

»Das hat nichts...«, begann er, doch dann hörte er vor sich Schritte. Er brach den Satz ab und blieb stehen. Elena sah ihn mit schreckgeweiteten Augen an. Dann zog sie sich hastig die Kapuze ihres Mantels über den Kopf und drängte sich gegen die Steinwand des Kreuzgangs. Filippino stellte sich neben sie und wagte kaum zu atmen.

Ein flackerndes Licht tauchte auf, als sich die schlurfenden Schritte näherten und schließlich direkt auf sie zukamen.

Es war Fra Jacopo, einer der ältesten Brüder des Klosters. Schlohweiße Haare fielen ihm auf den Rücken herab und er ging leicht vornübergebeugt, eine Laterne in der Hand.

»Wer ist da?«, rief der Alte mit erstaunlich fester Stimme. Filippino entschied, dass es unsinnig war, sich noch länger zu verstecken. Er sah Elena an und legte einen Finger an die Lippen. Im Stillen betete er, dass der alte, halbblinde Mönch nicht erkannte, dass seine Begleitung ein Mädchen war. Dann trat er nach vorne. »Ich bin's, Filippino Lippi«, rief er.

Fra Jacopo hob die Laterne, und leuchtete in ihre Richtung. »Ah, Messere Lippi«, sagte er dann. »Jetzt erkenne ich Euch! Seid Ihr etwa so spät noch bei der Arbeit?«

Filippino lachte nervös. Das Geräusch klang hohl und in der Dunkelheit des Kreuzgangs völlig unpassend.

»Ja...ja...«, stammelte er. »Ich habe etwas vergessen, dass ich heute noch holen muss.«

»Etwas vergessen? In der Nacht der Toten? Ihr seid ein mutiger junger Mann«, gab der Alte zurück. »Habt Ihr Euch deshalb Gesellschaft mitgebracht?« fragte er und schaute in Elenas Richtung, die noch weiter an die Wand zurückwich.

»Genau. Ein weiterer Gehilfe Maestro Botticellis.«

»Ihr solltet nicht hier sein«, sagte der Alte noch einmal mit Nachdruck. »Nicht heute Nacht.« Betrübt schüttelte er den Kopf.

»Habt Ihr denn selbst keine Angst vor dem Bösen?« fragte Filippino.

Der Alte schüttelte langsam den Kopf. »Der Tod hat nicht mehr viele Schrecken für mich«, erwiderte er. »Ich habe viele liebe Freunde unter den Toten und ich freue mich, sie bald wiederzusehen.« Er zögerte kurz. »Aber Ihr, Messere Lippe, solltet den Geistern wirklich besser noch aus dem Weg gehen. Ihr wisst, dass es heißt, dass Ihr Ihnen in dieser Nacht etwas geben müsst, damit sie Euch nicht mitnehmen?«

Filippino nickte unentschlossen. »Ich... wir gehen am besten rasch zur Kapelle, holen, was wir holen müssen und sind noch vor dem nächsten Gebet verschwunden.«

»Gut, dann geht«, murmelte der Alte und senkte die Laterne. »Aber denkt immer daran, egal, wie lange Ihr dem Tod davonlauft, am Ende ist er doch schneller.« Dann drehte er sich abrupt um und ging auf die Tür zu, die in die unteren Geschosse führte.

Die Worte des Alten hallten in Filippinos Gedanken nach, als er mit ungebührlich schnellen Schritten davoneilte, Elena an seiner Seite. Wo kommt nur diese Kälte her? Seine Hände und sein Gesicht waren beinahe taub, und es fühlte sich an, als würden eisige Finger darüberstreichen. Elena rannte beinahe, um mit ihm Schritt zu halten.

Endlich erreichten sie die Kapelle. Filippino tastete im Dunkeln nach dem Zunder, von dem er wusste, dass er in einer Nische lag, und entzündete damit eine Kerze.

Alles war noch so, wie er es verlassen hatte. Das große Gemälde der »Anbetung«, das die Gesichter der Medici zeigen würden. Seine Malutensilien. Und die Staffelei mit dem Bild

Elenas, auf ihrem Mantel liegend, den Kopf in die linke Hand gestützt, nackt. Obwohl ihm die Kälte und der Schreck in den Gliedern saßen, musste er lächeln, als er es betrachtete.

»Verbrenn es«, sagte sie plötzlich.

»Was?«, gab er zurück. »Das wird mein bestes Bild bislang!«

»Du wirst andere malen. Verbrenn es. Du hast doch gehört, was der Alte gesagt hat. Wir müssen etwas hierlassen.«

Es erschien ihm widersinnig; falsch. Aber ihr schien es sehr ernst damit zu sein.

*Warum ist es hier nur so kalt?*, fragte er sich erneut. Seine Finger konnten nicht aufhören zu zittern.

Sie nahm ihm das Bild aus der Hand und legte es auf den Steinboden, schob mit dem Fuß alles andere beiseite. Dann küsste sie ihn. Es schien Filippino, als seien ihre Lippen das letzte Warme auf der Welt.

Zögerlich kniete er sich hin und hielt die Kerze an die Leinwand. Die Flammen leckten über den Körper, der darauf zu sehen war. Einen Moment schien ihn die gemalte Elena vorwurfsvoll anzusehen, dann verwandelte sich das Bild allmählich in Asche, die über den Boden trieb.

»Nichts wie raus hier«, sagte sie.

~

»Bruder Jacopo ist heute Nacht von uns gegangen«, erklärte der Abt am nächsten Morgen mit ernster Miene, als Filippino zusammen mit Maestro Botticelli und Messere Zanobi im Kloster ankam. »Wir benötigen den heutigen Tag, um alles für seine Beisetzung vorzubereiten, verzeiht.«

»Natürlich wollen wir Euch nicht in Eurer Trauer stören«, versicherte Botticelli ihm. »Wir kommen an einem anderen Tag wieder.«

»Bruder Jacopo? Aber was ist denn geschehen?«, fragte Filippino, der merkte, wie ihm das Blut aus dem Gesicht wich.

»Die Brüder haben ihn tot in seiner Zelle gefunden, als sie ihn zur Matutin holen wollten«, entgegnete der Abt. »Es muss wohl noch vor Mitternacht passiert sein. Gott bewahre, und das in der Nacht der Toten...«

---

»Die Anbetung der Heiligen Könige« ist ein Gemälde von Sandro Botticelli, das tatsächlich um 1475 herum im Auftrag des Bankiers Guaspare di Zanobi in Santa Maria Novella entstanden ist. Zu dieser Zeit war der 19-jährige Filippino Lippi Botticellis Schüler, und es ist sehr wahrscheinlich, dass er an dem Bild mitgearbeitet hat. Die »Anbetung« ist besonders deswegen interessant, weil die Maler reale Personen als Vorbilder genommen haben, so kann man z.B. verschiedene Mitglieder der Familie Medici auf dem Bild erkennen, ebenso wie Botticelli selbst, der am rechten Bildrand steht und die Betrachter direkt ansieht.

Heute befindet sich das Bild in den Uffizien in Florenz, und ihr könnt es dort anschauen - ebenso wie den »Kreuzgang der Toten« in der Kirche Santa Maria Novella.

Elena habe ich für diese Geschichte erfunden - aber wer möchte, kann sie, Filippino und Sandro Botticelli in meinem nächsten Roman »Florentia - Im Glanz der Medici« wiedertreffen.

## CAESAR, BRUTUS UND DAS HUSCH-HUSCH

Marina C. Herrmann

Es war ein warmer Sommermorgen. Brutus lag dösend unter einer Tanne. In ein paar Minuten würde der Postbote kommen. Dann würde er aufstehen, ihn bellend verjagen und sich anschließend sein Frühstück gönnen. Danach würde er eine Runde über den Hof laufen, allen einen guten Morgen wünschen und sich mit Caesar fetzen. Irgendwann würde er dieses weiße Fellknäuel schon erwischen, wenn es nur nicht immer auf Bäume klettern und ihm so entwischen würde. Das war unfair! Gerade als Brutus sich strecken wollte, erschrak er. Da war doch gerade eben etwas direkt an ihm vorbei gehuscht! Er stand vorsichtig auf und sah sich um, da huschte dieses Etwas hinter ihm entlang. Rasant drehte sich der Hund um seine eigene Achse, doch ohne Erfolg. Spukte es jetzt auf dem Hof oder was war hier los?

»Caesar, runter vom Tisch!«, hörte der weiße Kater die Frau, die sich gerne selbst als seine Besitzerin bezeichnete, rufen. Pah! Er legte sich schnurrend seinen dichten Schwanz um den Körper und lachte in sich hinein. Einfach noch ein paar Minuten warten, dann würde sie nachgeben, ihn füttern und das als ihren Sieg verbuchen.

»Ich habe es heute wirklich eilig, tut mir leid«, sagte sie dann aber hektisch und ohne zu wissen, wie ihm geschah, wurde Caesar hochgehoben und auf die Terrasse gesetzt.

Verdutzt drehte er sich um und wollte protestieren, doch sie stellte ihm nur seinen Napf vor die Nase und schloss die Tür.

»Das ist ja unerhört!«, gelang es ihm nach einigen Sekunden endlich, die richtigen Worte zu finden. »Hallo? Ich möchte wieder ins Haus und so behandelt werden, wie es sich gehört. HALLO?«

»WEG DA!«, schrie Brutus, als er auf die Terrasse geeilt kam und den Kater beinahe über den Haufen rannte. Abrupt stoppte er, als er die geschlossene Tür sah und drehte sich knurrend um. »Was hast du jetzt wieder gemacht? Wir sind in einer katastrophalen Notsituation! Wir müssen ins Haus und Frauchen warnen.«

Caesar machte fauchend einen Buckel und schlug nach seinem Rivalen. »Ich? Wieso sollte ich etwas mit der geschlossenen Tür zu tun haben?«

»Weil es immer deine Schuld ist!«, kläffte Brutus und machte einen Satz nach vorn.

Schnell sprang der Kater zur Seite und kletterte ohne Mühe den nächsten Baum hinauf. In einer Astgabel sitzend, spuckte er einige Beleidigungen, während sich der Hund über sein eigenes Futter und über das des Katers hermachte. Na toll, jetzt musste er selbst etwas jagen! Brummend kletterte Caesar wieder hinunter und ging in den Stall. Hoffentlich musste er nicht allzu lange warten, bis eine Maus vorbeikam. Die Jagd war anstrengend, besonders wenn man bereits hungrig war. Außerdem könnte er sein schönes, weißes Fell dabei beschmutzen!

Flach auf dem Boden liegend, lauschte er und hoffte auf ein unvorsichtiges Opfer. Fast hätte er aufgegeben, da rannte etwas hinter ihm vorbei, was deutlich größer als eine Maus war. Mit klopfendem Herzen sprang der Kater auf. Doch so schnell, wie das Ding gekommen war, war es wieder weg. Auf leisen Pfoten schlich er in die Richtung, in die das Etwas gelaufen war und schnüffelte vorsichtig an einem Heuballen. Vorsichtig streckte er eine Pfote aus und kratze über den Ballen, da raschelte es und etwas kam so plötzlich hervorgeschossen, dass der Kater fauchend auf der Stelle kehrt machte.

So schnell seine Beine ihn trugen, eilte Caesar zurück zur Tür, die immer noch verschlossen war und vor der Brutus ein Nickerchen machte.

»Geh mir aus dem Weg«, meckerte der Kater und kletterte über den Hund. »Macht sofort die Tür auf. Hallo? Hört ihr mich? Ich will rein und zwar sofort!«

»Es geht hier nicht immer nur um dich«, bellte Brutus und schob den Kater unsanft zur Seite. »Du zitterst ja am ganzen Körper. Hast du etwa Angst? Bist wohl doch nicht so toll, wie du immer vorgibst.« Er lachte, wobei seine Zähne in der Sonne aufblitzten.

»Ich habe nur etwas gesehen, was die Menschen wissen sollten.« Caesar versuchte, ruhiger zu atmen, damit sein Körper nicht so zitterte. »Angst habe ich nie. Ich bin ja kein Hund. Du hattest vorhin ja regelrecht Panik. Wahrscheinlich war es nicht einmal schlimm. Nur eine Kleinigkeit, über die andere lachen würden.«

»Nein, hatte ich nicht«, log Brutus. »Ich wollte auch nur schnell den Menschen etwas erzählen. Ich habe nämlich auch etwas gesehen.«

»Meins ist aber wichtiger«, maunzte der Kater und schlug mit dem Schwanz hin und her.

»Die Menschen vertrauen mir aber mehr. Also hast du sowieso keine Chance«, knurrte der Hund.

»Nimm das zurück«, fauchte Caesar jetzt und machte sich größer.

»Niemals!« Damit hetzte Brutus auf Caesar zu und versuchte, ihn auf den Boden zu drücken. Doch der Kater war geschickter, drehte sich unter der herannahenden Pfote weg und kratzte seinem Rivalen über die Schulter. Der Hund schnappte schmerzerfüllt nach dem Kater, welcher nun versuchte, ihn zu Fall zu bringen, indem er ihm ans Hinterbein sprang.

»Jetzt hört auf«, zwitscherte da eine Amsel, die sich auf einem Ast über den Streithähnen niedergelassen hatte. Beide Tiere stoppten perplex und starrten zu ihr auf.

Brutus schüttelte den Kater von seinem Bein und bellte: »Was willst du denn? Misch dich nicht in Angelegenheiten ein, die dich nichts angehen!«

Caesar, der bis gerade Hundehaare von seiner Zunge entfernt hatte, miaute: »Dich fresse ich doch zum Frühstück!«

Die Amsel legte den Kopf schief. »Ihr seid immer nur am Streiten. Dabei solltet ihr lernen, zusammen zu halten. Im Moment habt ihr zum Beispiel beide Angst. Redet lieber darüber, anstatt euch zu bekämpfen.« Daraufhin breitete sie ihre Flügel aus und flog davon.

Caesar und Brutus blieben zurück und sahen sich für einige Sekunden an.

Dann begann der Hund: »Ich wurde von etwas erschreckt. Es war ganz plötzlich da und wieder weg.«

»Genau wie bei mir«, antwortete der Kater freudig und wich danach seinem Blick direkt wieder aus. »Aber ich habe versucht, es zu finden. Es war abscheulich.«

»Ganz haarig«, sagte Brutus, der zwar nichts gesehen hatte, aber nicht wollte, dass der Kater mehr erreicht hatte als er.

»Mit riesigen Zähnen«, fuhr der Kater fort, der zwar nicht viel gesehen hatte, wenn aber der Hund etwas wusste, dann musste er ja auch seinen Mut beweisen.

»Und acht Beinen.«

»Seine Augen haben rot geleuchtet.«

»Die Geräusche waren zum Fürchten!«

»Und die Klauen erst!«

Beide starrten sich nun wieder wutentbrannt an. Beide wollten das gruseligste, schrecklichste und atemberaubendste Argument haben.

Caesar drehte sich langsam um. »Wenn die Menschen uns nicht zuhören wollen …«

»… dann erzähle ich es den anderen Tieren«, bellte Brutus lautstark und rannte an dem fauchenden Kater vorbei.

Übereinander stolpernd und sich Beleidigungen zuwerfend erreichten sie die Weide, von der aus die Pferde, Kühe und Hühner das alltägliche Spektakel beobachteten. Sie waren verwundert, als sie merkten, dass die beiden Rivalen sich nicht einfach nur stritten. Nein, diesmal schien es, als wollten sie ihnen etwas erzählen.

Caesar und Brutus hielten sich abwechselnd die Mäuler zu, boxten sich in die Rippen und wiederholten nun all die grässlichen Sachen, die sie soeben erfunden hatten.

Nachdem sie fertig waren, herrschte Stille.

Dann meldete sich eines der Hühner zu Wort: »Was, wenn dieses schreckliche Ding wieder kommt?« Sorgsam zog sie ihre Küken unter ihre schützenden Flügel. »Und was war das genau?«

Caesar und Brutus sahen sich für einen Moment an. Das Einzige, was beide wirklich bemerkt hatten, was das schnelle

Vorbeihuschen. So antworteten sie wie aus einem Munde: »Ein Husch-Husch.«

»Ein Husch-Husch?«. Die Henne drückte ihre Küken noch enger an sich und ein Gemurmel ging durch die Menge. »Das klingt aber gefährlich.«

Wie auf Kommando huschte nun etwas hinter den beiden Rivalen entlang, sodass sie erschrocken aufsprangen. Diesmal jedoch konnten sie es sehen, da es nicht weglief.

Das Husch-Husch setzte sich auf die Kante eines Wassertroges und zuckte mit der Nase. »Allerdings, das klingt sehr gefährlich. Was können wir denn dagegen machen?«, fragte es.

Caesar und Brutus sahen sich verdutzt an, bis ihnen ein Pferd auf die Sprünge half.

»Das ist Sigrid. Bei den Renovierungsarbeiten auf dem Manken-Hof wurde ihr Haus zerstört, also ist sie mit ihrer Familie bei uns eingezogen«, schnaubte es.

Als keine Antwort kam, meldete sich das Husch-Husch erneut zu Wort: »Was ist? Habt ihr etwa noch nie eine Ratte gesehen?«

Brutus und Caesar, die bisher nur Mäuse kannten und sich von ihrer Fantasie hatten leiten lassen, lachten nun auf. »Was? Natürlich haben wir schon Ratten gesehen. Was für eine Frage.« Beide sahen sich verstohlen an und drehten sich um. Das war nun ihr Geheimnis und sie würden es niemals jemandem verraten.

»Wohin geht ihr?«, muhte eine Kuh. »Was ist mit dem Husch-Husch?«

Der Kater schaute daraufhin noch einmal zurück und miaute: »Wir wollten euch nur erschrecken.«

»Genau und euch zeigen, dass wir euch beschützen werden, egal was für schlimme Monster hierherkommen«, bestätigte Brutus.

Die beiden gingen wieder zur Terrasse und ließen einen Haufen verdutzter Gesichter zurück.

»Haben die etwa zusammen so etwas ausgeheckt?«, fragte die Henne und ließ ihre Küken wieder laufen.

Das Pferd schüttelte seine Mähne. »Scheint, als würden sie endlich ihre Streitereien beiseitelegen.«

»Die beiden vereint? Mal sehen, wie lange das hält«, muhte die Kuh.

# F E U E R

## Ames Morgen

»Nein.″

»Doch.″

»Valentin, nein.″

»Ja, aber…″

»Nein. Einfach nein.″

Caelum seufzte frustriert, während er seine Barista-Schürze zusammenfaltete. Das Café war leer an diesem Abend und so konnten beide frei diskutieren, ohne Angst vor neugierigen Ohren haben zu müssen. »Du kannst eine Zaubergilde nicht einfach so in die Luft sprengen.″

Valentin rollte entnervt die Augen. Er hatte während ihres kleinen Disputes die besseren Argumente hervorgebracht und Caelum blieb immer nur bei dem einen. Langsam wurde es redundant.

»Sag mir nicht, was ich kann oder nicht, Caelum. Mein Repertoire ist gut bestückt, wenn es um entfachende Zaubersprüche geht.«

»Dass du es kannst, heißt aber nicht, dass das die klügste Idee ist.«

»Und? Lass mich noch einmal zusammenfassen, denn wir sind uns einig: Die Gilde ist beschissen.«

»Ja, aber…«

»Und die Gilde muss weg.«

»Jaa, aber…!«

»Gut!«, Valentin fuhr fort, als hätte er das kleine Aber von Caelum nicht gehört. »Und wie werden wir sie los? Richtig, wir sprengen sie einfach in die Luft. Sie hat uns schon genügend Kopfschmerzen bereitet.«

»Das ist die schlechteste Idee, die du jemals hattest. Und ich rede nicht von Joghurt unter der Dusche essen schlecht.« Caelum sah aus, als bekäme er Kopfschmerzen. Er massierte sich den Punkt zwischen seinen Augenbrauen. Valentin hatte den Anstand reumütig dreinzusehen. Aber er konnte nicht anders. Er war im Recht. Die Gilde ließ ihn einfach nicht in Ruhe. Keinen Schritt konnte er mehr tun, ohne Angst vor den Drohungen zu haben. Das stetig wachsame Auge. Sie waren überall. Die Stapel an ungelesenem Briefe häuften sich in der Ablage.

Die Gilde war und blieb altmodisch. Schon zu seiner Zeit, als er von dem ihm vorherbestimmten Weg abgewichen und seinen eigenen gegangen war. Seine Methoden waren vielleicht nicht die besten und auch moralisch fragwürdig, aber sie brachten ihn an sein Ziel. Und das war alles, was zählte.

»Du weißt nicht, wie sie mich behandelt haben, Caelum. Du hast es nicht mitbekommen, die Blicke, die laute und die stille Verachtung. Es war nicht auszuhalten. Ich hätte sie damals schon ausmerzen sollen.«

»Warum dann erst jetzt?«

Diese Frage war neu in dieser kreisförmigen Argumentation, die sie sich gerade lieferten. Vielleicht wollte Caelum ihn verstehen und nicht nur recht haben.

Valentin zuckte mit den Schultern. »Ich bin es vielleicht einfach nur leid. Ich will in Ruhe leben. Dieses Leben, zu dem sie mich verbannt haben. Mehr und nicht weniger.« Er traf den

Blick des Anderen. »Es macht mich einfach wütend. Zuerst schaffen sie mich ins Exil, kappen mir sämtliche magische Bildung und als wäre das noch nicht genug…« Er hob verzweifelt die Hände, als würde er aufgeben wollen.

Caelum schwieg einen Moment, als wüsste er nicht, was genau er sagen sollte.

»Ich verstehe dich.«

»Ja? Wieso verstehst du dann nicht auch, dass ich deren Organisation in Grund und Boden brennen sehen will?«

»Weil Gewalt selten eine gute Antwort ist.«

»Das sagst du so einfach.« Valentin wollte nicht sang- und klanglos untergehen. Noch nicht einmal, wenn Caelums Argumente ebenso schlüssig waren, obwohl sie die Situation aus einer anderen Sichtweise betrachteten.


»Okay. Komm, wir gehen.«

Valentin wachte mitten in der Nacht auf. Es war dunkel draußen, zu dunkel, und er konnte seine Hand vor Augen nicht erkennen.

»Was?« Sein Kopf war immer noch gefüllt mit wirren Träumen. Nichts von dem, was Caelum gerade gesagt hatte, machte Sinn.

»Wir gehen.«

»Is' zu dunkel, Cal. Zu kalt. Hier warm.« Drei perfekt zusammenhängende Sätze.

»Aufstehen, Valentin. Jetzt. Wir brennen die Zauberergilde nieder.«

»WAS?«

Jetzt war er wach. Zu wach.

Außerdem hatte er sich zu schnell aufgesetzt und starrte in der Dunkelheit den Fleck seines Zimmers an, in dem er Caelum vermutete.

»Val, du hast mich gehört. Du hast recht, okay? Lass die alten Säcke niederbrennen. Manchmal ist Gewalt doch eine Lösung, besonders wenn sie bei uns niemals zögern würden.«

Ohne noch mehr Worte zu verlieren, schaltete Caelum das kleine Nachtlicht neben ihrem Bett an und zog sich Jeans und Hoodie über. Wenn er einmal eine Entscheidung getroffen hatte, dann blieb er dabei. In dem Aspekt war er genauso stur wie Valentin, auch wenn es vielleicht länger dauerte, dort hinzugelangen.

Nach einem Ritual und all dem Staub der Kreidezeichnungen an ihren Händen, standen sie vor den dunklen Pforten der Gilde. Nur wenige Lichter erhellten den Weg zu den imposanten Toren.

Das Hauptquartier der Gilde war genauso langweilig und erdrückend, wie Valentin es in Erinnerung hatte. Jegliche Kreativität oder Ideen außerhalb der Richtlinien wurde im Keim erstickt. Valentin fackelte nicht lange, darauf hatte er zu lange gewartet. Auch wenn es nur eine kleine Rache war, es war seine und eine, die ihm niemand nehmen konnte.

Mit ein paar gemurmelten Worten formte sich ein Feuerball in seiner Handfläche.

»Bist du dir sicher, Valentin?«

Würden sie wieder diese Diskussion führen?

»Ja.«

Noch nie war er sich so sicher gewesen, noch nie hatte sich Magie in seinen Händen so gut angefühlt. Er fühlte sich lebendig.

Caelum raufte sich die Haare und Valentin starrte ihn an.
»Du hast mir doch vor ein paar Stunden recht gegeben!«

Er konnte das Hin und Her seines Partners nicht verstehen.
»Ich dachte…«, Caelum brach ab.

Ja, was genau dachte er? Valentin hatte sich wirklich auf ein bisschen feuriges Chaos gefreut.

»Naja, wenn du es hier siehst, denkst du vielleicht um. Gibst mir recht und wir können wieder nach Hause gehen, ins Warme, und die Deppen hier vergessen. Du kannst meinetwegen die Briefe oder so verbrennen, wenn du unbedingt etwas anzünden willst. Aber ein ganzes Gebäude? Was ist, wenn sie dich schnappen? Dich in irgendeines ihrer magischen Gefängnisse werfen? Dann war es das mit gemeinsam Eis in der Badewanne essen, mit Waffeln am Sonntag.«

Caelum klang verzweifelt und Valentin realisierte den wahren Grund hinter seiner Ablehnung.

»Also, wir verbrennen hier nichts?«

»Nein?«

Wieso klang Caelum jetzt unsicher.

»Ja oder nein, Caelum?«

»Ok. Meinetwegen kannst du das Tor verdampfen lassen und den Idioten eine gehässige Nachricht hinterlassen. Aber mehr nicht.«

Valentin blinzelte. Nicht, dass er das Okay von Caelum brauchte. Aber es war immer gut, besser als später um Vergebung zu bitten. Caelum schmollte gern und ziemlich gut. Manchmal für Wochen.

»Wirklich?«

»Ja, wirklich. Also mach jetzt etwas, bevor ich meine Meinung ändere und dich an beiden Ohren wieder zurück schleppe. Mir ist nämlich kalt.«

Das ließ er sich nicht zweimal sagen und als das Tor langsam anfing, in Flammen aufzugehen, fühlte er sich erstaunlich viel leichter. Noch war nichts gewonnen. Die Gilde weigerte sich, immer noch ihm seinen Status zurückzugeben, aber vielleicht wollte er das auch gar nicht mehr.

Er wollte mit Caelum abends entspannt fernsehen, ihm eine heiße Schokolade machen, ohne Angst haben zu müssen, dass jeden Augenblick Zauberer ihn mit gefesselten Händen zurück vor den Hohen Rat zerrten. Er sehnte sich nach Ruhe und war sich sicher, dass sein Wunsch in Erfüllung ging. Auch wenn er neben dem verkohlten Tor noch eine brennende, obszöne Geste in der sandigen Erde hinterließ.

Short Story Collection

# M O N A T  4

## Waldgrün

Wald und Grün in allen Formen: Großes Sci-Fi-Kino, mysteriöse Fantasy und eine Geschichte mit der ultimativen Feel-Good Atmosphäre.

Short Story Collection

## G L Ä S E R N

Marina C. Herrmann

Erst im letzten Moment hatte ich sie gesehen und mich schnell hinter einem Stein versteckt. Ihre Haut war sandfarben und mit roten und braunen Linien durchzogen, wie die Steinwände, die uns umgaben.

Vorsichtig erhob ich mich nun, um einen Blick auf sie erhaschen zu können. Mich mehr zu bewegen, traute ich mich nicht. Ich beobachtete sie, wie sie meine Tasche durchsuchte und Dinge, die ihr gefielen, in ihre eigene steckte. Seit Tagen war ich auf keine Lebensform mehr getroffen und diese schien den Menschen ähnlich. Wie sie sich bewegte, mit den Fingern etwas griff und es in ihren Händen drehte. Warum hatte ich meine Sachen auch zurückgelassen?

Plötzlich schien sie mich wahrzunehmen. Ihr Kopf drehte sich schnell in meine Richtung, unsere Blicke trafen sich. Diese Augen! Sie stachen so grün aus ihrem Gesicht hervor, wie ich es nie für möglich gehalten hätte. Selbst auf diese Entfernung schienen sie zu leuchten.

Sie ließ beide Taschen fallen, drehte sich um und lief los.

»Warte!«, rief ich und rannte ihr nach. Geschickt hob ich dabei beide Taschen auf und schwang sie mir auf den Rücken. Sie war schneller als ich und schien ihre Geschwindigkeit doch immer wieder anzupassen, damit ich sie nicht aus den Augen verlor.

Dann warf sie sich auf den Boden und ließ sich in eine Felsspalte rutschen. Ich tat es ihr ohne zu überlegen gleich und war überrascht, dass es keine Spalte, sondern der Eingang zu einer Höhle war.

Im Inneren stand sie einige Meter von mir entfernt. Verwundert stellte ich fest, dass ihre eben noch sandfarbene Haut nun ebenso dunkelgrau wie die Höhle war. Ein leichtes Glitzern, wie das Wasser, das durch die Höhle plätscherte, lag auf ihrem Körper. Nur ihre Augen waren noch genauso grün leuchtend wie vorhin.

Als sie sah, dass ich durch das Rutschen in die Höhle nicht verletzt war, rannte sie weiter. Langsamer als vorhin, wohl damit ich nicht stolperte oder ausrutschte. Auch drehte sie sich öfter um als zuvor. Ihre Füße schienen den Weg von allein zu kennen und ihre Augen strahlten in die dunkelsten Ecken und füllten sie mit grünem Schimmer. Geschickt duckte sie sich unter den herabhängenden Stalaktiten, sprang über kleine Spalten im Boden und quetschte sich ohne Mühe durch Löcher, sich immer wieder vergewissernd, dass ich ihr noch folgte.

Ohne das glühende Grün ihrer Augen hätte ich sie schon längst verloren. Ihr ganzer Körper schien mit der Umgebung zu verschmelzen. So auch, als sie schließlich auf Zehenspitzen über den Boden schlitterte, ihren Körper in die Hocke brachte, die Arme vor der Brust kreuzte und ihren Oberkörper nach hinten warf. Sie streckte ihre Beine, ließ sich einmal mehr in ein Loch rutschen und verschwand aus meinem Blickfeld. Natürlich war sie noch da, ich hörte sie, doch ohne ihre wegweisenden Augen war ich im Dunkeln gefangen. Bevor ich nach ihr rufen konnte, rutschte ich auf dem nassen Untergrund aus. Das immer stärker fließende Wasser riss mich mit und zwang mich, ihr durch das Loch zu folgen. Ich schluckte es, hustete, kniff die Augenlider fest zusammen und landete schließlich weich in einem ruhigen Bach.

Dort angekommen, riss ich die Augen auf, sah über mir den blauen Himmel, schwamm ans Ufer und zog mich an Land. Keuchend lag ich auf dem Rücken, die durchnässten Taschen neben mir, als sie zu mir kam. Sie stellte sich neben mich, wobei ich ihren Körper kaum wahrnahm. Er war jetzt so grün, wie das Gras unter und die Bäume hinter ihr. Ihr Kopf, der aus meinem Winkel in den Himmel ragte, war leuchtend blau und weiße Wolken zogen ihr über Stirn und Wangen. Ohne ihre grünen Augen hätte ich sie niemals gesehen. Sie starrten auf mich herab, keine Wimpern, keine erkennbaren Lider, nur die Augen selbst, die in der Luft zu schweben schienen.

Langsam ging sie um mich herum und hockte sich über mich, die Knie rechts und links von meiner Hüfte.

Ich hob den Kopf und sah nun den Bach und den schmalen Höhlenausgang genau dort, wo ihre Brust und ihr Hals waren. Ihre Beine waren noch grün wie das Gras und ihr Kopf blau wie der Himmel. Doch diese Augen, die aus der Nähe nicht mehr wirkten als würden sie einem den Weg weisen und die wie grünes Gift auf mich herabsahen.

Bevor ich etwas sagen konnte, drückte sie meinen Kopf mit einer Hand wieder zu Boden, während sie die andere Hand auf meinen Mund presste. Auch wenn ich es nicht sehen konnte, war ich mir sicher, dass sie jetzt meine Farbe angenommen hatten und man auf ihrem Handrücken sogar meine Lippen erkennen konnte.

Sie beugte sich zu mir herunter und schnüffelte an meinem Hals wie ein Tier, hob meine Kleidung an und rieb meinen Körper unsanft mit Moos und Gräsern ab.

Als ich mich wehrte, gab sie mir eine Ohrfeige, hielt mein Kinn, ihre grünen Augen zu Schlitzen zusammengekniffen und fauchte mit einem mir fremden Akzent: »Nicht wehren!«

Angeekelt zog sie an meinem Pullover. »Gestank von Mensch. Willst du sein Beute?«

»Du sprichst meine Sprache«, stellte ich überrascht fest und kassierte eine zweite Ohrfeige.

»Nicht sprechen«, knurrte sie, stand auf und riss mich mit einer Hand auf die Füße, während sie mit der anderen ihre Tasche an sich nahm. Diese Kraft hatte ich ihr nicht zugetraut! Ihre grünen Augen musterten mich noch einmal, dann drehte sie sich um. »Folgen!«

»Dann musst du aber langsamer laufen, sonst kann ich dich nicht richtig sehen«, riskierte ich, zu sagen.

In ihrer Bewegung stoppend, schaute sie mich an, griff in ihre Tasche und holte eine kleine Dose hervor. Darin befand sich eine pinke geruchslose Paste, von der sie eine Fingerspitze herausnahm und mir hinhielt.

»Essen«, forderte sie mich auf und bevor ich noch einen Schlag ins Gesicht bekam, tat ich es lieber. Es war merkwürdig. Eine fremde geschmackslose Paste, an einem fremden Ort, von einem fremden Finger zu lecken. Meine Zunge begann zu kribbeln und nach nur wenigen Sekunden sah ich mehr als ihre Augen. Ich sah ihr Herz.

## WALDGRÜN

E. Marwood

»Halt sofort an!« Ihre Stimme schnitt durch das Rascheln der Bäume und ließ den Jungen zusammenzucken. Seine Instinkte schrien ihn an, er solle nicht auf das Mädchen hören und in den Wald rennen, aber er wollte sie nicht noch wütender machen.

Der Blumenstrauß und das frische Brot lagen schwer in seiner Hand, offensichtliche Beweise seines Vergehens.

Sie kam rasch auf ihn zu und baute sich drohend vor ihm auf.

»Dann ist der Dieb also ein kleiner Junge?« Dabei sah sie nur ein bisschen älter aus als er. »Hör zu, ich verspreche, ich werde nicht die Wachen rufen, also hör auf mich anzustarren, als würde ich dir gleich den Kopf abbeißen.«

Der Junge hatte immer gewusst, dass er eines Tages erwischt werden würde, wenn er weiterhin aus demselben Haus stahl und trotzdem hatte er nie über mögliche Fluchtpläne nachgedacht.

»Es tut mir leid, Miss. Ich habe versucht, nur das Nötigste zu nehmen.« Er schenkte ihr ein entschuldigendes Lächeln, das ihre Miene jedoch nicht erweichen ließ.

»Aber wieso? Ich kann verstehen, dass du ab und zu etwas von unserem Essen gestohlen hast. Aber wieso bist du immer wieder zu uns zurückgekommen? Im Dorf gibt es viel mehr für dich zu holen.«

Der Junge dachte kurz nach und beschloss dann, eine wahrheitsgemäße Antwort zu benutzen.

»Weil die anderen Gärten nicht diese Blumen haben.«

Das schien ihr für einen Moment die Sprache zu verschlagen und fast automatisch vielen ihre grünen Augen auf den Blumenstrauß in seiner Hand.

»Du bist wirklich ein merkwürdiger Dieb. Dazu habe ich auch eine Menge Fragen. Wieso zur Hölle sollte jemand Tulpen stehlen?«

Der Junge schwieg für eine Weile, unsicher wie viel auf einmal er preisgeben konnte und zuckte dann mit den Schultern.

»Sie wachsen nur am Waldrand. Du hast eine Hütte mit Beeten am Waldrand. Das passt doch perfekt.«

»Okay, das ist nicht die merkwürdigste Ausrede, die ich bis jetzt gehört habe.« Sie seufzte. »Aber warum stiehlst du überhaupt Blumen?«

Der Junge zuckte wieder mit den Schultern, doch ihre Neugier war geweckt.

»Was hältst du von einem Deal? Du sagst mir, für wen die Blumen sind und hilfst mir von jetzt an mit den Beeten und ich teile mein Essen mit dir.«

»Das können wir so machen. Da gibt es nur ein Problem. Ich kann dir nicht sagen, zu wem ich die Blumen bringe. Du musst mit mir kommen und es dir selbst ansehen, sonst wirst du es nicht glauben!«

»Na gut. Wenn es nicht zu lange dauert.«

Das war dem Jungen Antwort genug und er ging zielstrebig in den Wald hinein. Das Mädchen zögerte einen Moment, bevor ihre Neugier erneut Oberhand gewann und sie folgte.

»Ich weiß deinen Namen noch gar nicht«, fing sie an, als der Junge sie durch das Unterholz führte.

»Das stimmt. Wirst du auch nicht herausfinden. Wie heißt du?«

»Charlotte. Hast du gar keine Angst vor dem Wald? Die Dorfbewohner meiden ihn.«

»Wieso sollte ich? Was ist mit dir, Charlotte? Du lebst viel näher am Wald als die.«

Der Junge sprang über eine große Wurzel und kickte beim Weitergehen Laub auf. Charlotte folgte ihm durch das Dickicht.

»Bei mir ist es etwas anderes. Wir wohnen schon hier, seit ich denken kann. Allerdings bin ich noch nie so weit in den Wald hineingegangen.«

Während die beiden sich unterhielten, wurde es um sie herum ruhiger und ruhiger. Immer mehr Vögel verstummten, die Bäume verloren an Farbe und Schönheit, sahen ausgedörrt aus. Sie überlegte, ob sie den Jungen erneut zu seinen Motiven befragen sollte, vielleicht würde sie dieses Mal mehr herausfinden, doch da blieb er plötzlich vor einem Bachlauf stehen. Erst sah Charlotte nicht, warum er angehalten hatte, dann blickte sie auf und erkannte, dass hinter dem anderen Ufer tote Bäume wie Grabsteine aufragten.

Als Charlotte keine Reaktion zeigte, sprang der Junge auf die andere Uferseite und ging zielstrebig weiter, also hatte sie keine andere Wahl als ihm zu folgen. Alleine zurückfinden hätte sie zu diesem Zeitpunkt nicht mehr geschafft.

Sie konnte nicht einmal mehr sagen, wie lange sie bereits gegangen waren, als in der Ferne eine große grüne Wand auftauchte. Beim Näherkommen stellte sich die Wand als eine riesige Hecke heraus, die so hoch wie die Baumwipfel in den Himmel ragte und einen Kreis um etwas zu bilden schien. Bevor Charlotte irgendwelche Fragen stellen konnte, bog der

Junge sanft ein paar Äste zur Seite und schlüpfte durch die Hecke.

Charlotte nahm ihren Mut zusammen und tauchte ihm durch das grüne Blättermeer hinterher.

Auf der anderen Seite, nachdem sie sich an den jungen Austrieben der grünen Mauer und riesigen Spinnenweben vorbei gekämpft hatte, erwartete sie das genaue Gegenteil der Welt außerhalb der Hecke. Hier wuchsen überall kleine Bäume, manche ineinander verwachsen, andere alleinstehend, aber keiner größer als sie beide, mit Ausnahme einer Eiche, die mit der grünen Umgrenzung um die Wette zu wachsen schien und im Zentrum des kleinen Kreises stand. Der Junge schlängelte sich seinen Weg zwischen ihnen hindurch, während Charlotte die vielen verschiedenen Grüntöne bewunderte. Im Vergleich zu dem spärlichen Wald an dem ihre Hütte stand, war das hier ein Farbenmeer.

Der Junge legte seinen Blumenstrauß auf die Wurzeln der Eiche, setzte sich daneben und begann sein Brot zu essen. Zwischen den Bissen fing er an zu erzählen.

»Das ist mein Freund. Er hat mir gesagt, dass er ein Waldgeist ist.«

Charlotte starrte den Baum mit offenem Mund an.

»Er hat dem Rest des Waldes das Leben genommen, um die Menschen fern zu halten. Niemand mag abgestorbene Bäume. Aber die Tiere sind dadurch auch gegangen und jetzt ist er einsam. Ich bringe ihm manchmal Tulpen vorbei. Das sind seine Lieblingsblumen, aber sie wachsen nicht in Wäldern«, redete er weiter, als wäre es das Normalste seiner Welt.

Nach einem Moment antwortete Charlotte: »Du hast Blumen für deinen Freund gestohlen?«

Der Junge nickte und sprang dann auf. »Also? Steht unser Deal noch?»

»...ja, klar. Du hast deinen ersten Teil schließlich erfüllt. Seit wann -«

»Gut. Dann lass uns gleich mit den Beeten anfangen!«, unterbrach der Junge sie mit einem breiten Grinsen. »Ich habe noch Hunger!«

# HERDENGEFÜHL

Ames Morgen

Das Gras war fast weiß vom Morgentau, der noch auf den Halmen lag. Alles war still, bis auf das Geräusch ihrer Stiefel, die sich den Weg durch das feuchte, halb erfrorene Gras bahnten. Je näher sie dem Stall kam, desto leiser knirschte es unter ihren Füßen, bis der Boden sich schlussendlich in Matsch verwandelte.

Die Stalltür ließ sich mit einem Knarzen öffnen und sie spürte das abgesplitterte Holz unter ihren Fingern.

Früher einmal hatte die rote Farbe der Hütte gestrahlt, aber die Zeit hatte ihre Spuren hinterlassen. Das Grundstück lag schon länger brach und das spiegelte sich auch in dem kleinen Häuschen an dessen äußersten Rand wider.

Hier und da wuchsen die Gräser wild durcheinander, an manchen Stellen war das Holz des Zaunes morsch oder gar abgebrochen. Sie würde das alles im Frühjahr reparieren. Mit Hilfe von ein paar YouTube Videos und genügend Kaffee. Vielleicht würde sie sich wieder für rot entscheiden. Es gab einen guten Kontrast zu den dunkelgrünen Bäumen ab und erinnerte sie an Weihnachten. Eine Zeit, die nach Tannennadeln roch, nach heißem Kakao und Kerzenwachs. Die sich anhörte, wie das Geraschel von Geschenkpapier und das kleine goldene Glöckchen, das klingelte, wenn das Christkind endlich dagewesen war. Eine dunkle Jahreszeit, die man mit Licht und Lachen füllte, während man sich den Bauch mit Plätzchen vollschlug. Ihr Großvater hatte immer

Geschichten erzählt, von damals, als man die Tannen noch selbst schlug und durch den meterhohen Schnee nach Hause stapfte. Als man sich einen viel zu heißen Backstein in das Bett legte, anstelle einer Wärmflasche und sich das Klo außerhalb der gemütlichen vier Wände war.

Die Hütte war der Rückzugsort ihres Großvaters gewesen. Inmitten der Tannen und Wiesen. Manchmal hörte man von irgendwoher eine Kettensäge rattern und an den Bäumen, die weit entfernt standen, rütteln. Sie erinnerte sich noch an die Sommer, die Grillfeste, das Lachen und die Wärme des Lagerfeuers auf ihrem Gesicht, bis sie eingeschlafen war. Erinnerungen an eine einfachere Zeit, vielleicht auch an eine bessere.

Die Schafe, die auf sie warteten, hatte sie von einem alten Freund. Seine Knochen schmerzten zu sehr, als dass er sie weiter hüten konnte. Also hatte sie Flöckchen, Wolke, Herbert, Obi und den Rest übernommen. Sie fütterte sie, hütete sie auf der Wiese mit dem alten Border Collie Renate und ging mit ihnen durch das Dorf spazieren. Währenddessen trank sie heißen Tee aus einer Thermoskanne oder eiskalte Limonade, je nach Saison. Mit einem selbstgestrickten Cardigan aus der Wolle ihres liebsten Schafes oder nur in einem Top und mit dutzenden Schichten Sonnencreme bedeckt, stapfte sie heute durch das Leben. Es war einfach. Sie musste sich nicht um zu viel sorgen. Kein Partner oder eine Partnerin, nie gehabt oder gewollt. Die Anliegerwohnung bei ihren Eltern, die vorher ihrem Großvater gehört hatte, trug jetzt ihre Signatur. Ein Haufen Bücher, alte abgewetzte Teppiche und leere Teetassen. Alles so wie bei ihrem Großvater.

Sie entriegelte die Tür zum Stall und hörte dahinter bereits nervöses Scharren. Kurz darauf stoben ihr weiße Wölkchen entgegen und aufgeregtes Blöken wurde von hektischem Hufgetrappel begleitet. Ein kleines Lamm blieb vor ihr stehen. Gerade eben wollte es noch in die Freiheit springen, dann standen ihm auf einmal seine langen Beine im Weg. Verwirrt blickte es zu ihr auf, fast schon vorwurfsvoll. Seine Mutter war der Herde hinterhergetrottet, um das Gras zu beschnuppern, die Nase mit Tau zu benetzen oder die Blätter, die sich durch den Zaun streckten, abzugrasen. Alles, was Schafe in ihrem Alltag so taten. Das drückte sich schließlich bestimmt aber noch ein wenig tollpatschig durch den Spalt zwischen ihren Beinen, um zu seiner Mutter zu gelangen, die geduldig wartete. Es war langsam an der Zeit ihm einen Namen zu geben.

Renate passte auf ihre Herde auf und bellte freudig, während sie um die weißen Flauschebälle rannte und sicherstellte, dass keines sich davonstahl.

Sie blickte zu dem Collie rüber, schlang ihren Schal enger um den Hals, wärmte sich die Finger an dem frisch eingeschenkten Becher Tee und schaute den Tieren zu. Bald hatten sie genug gegrast und würden weiterziehen. Zur nächsten Wiese, immer von einem klingenden Glöckchen begleitet, aufgeregtem Hundegebell und Pfiffen, an denen sie noch üben musste.

Als sie einen Apfel aus ihrer Tasche herauskramte, setzte sich das kleine Lamm von vorhin von der Herde ab und kam zielstrebig auf sie zu. Die Augen wach und aufmerksam auf die glänzende rote Beute gerichtet. Ein Lächeln zuckte um ihre Mundwinkel. Sie schnitt eine Scheibe ab und hielt sie dem kleinen Kameraden hin. Genüsslich schmatzend verdrückte das Lamm die Schnitze und verlangte sofort nach mehr. Tiefdunkle Augen sahen sie flehentlich an, eine kleine Nase stupste auffordernd gegen ihre Hand. Was blieb einem da anderes übrig? Sie gab ihm eine zweite Spalte. Ein drittes Mal würde sie aber nicht darauf hereinfallen.

Diese Hartnäckigkeit erinnerte sie an ihren Großvater und daran, wie er ihre Großmutter immer bestochen hatte, um vor dem Mittagessen an ein Stück Schokolade zu kommen. Manchmal war sie selbst in seine Pläne eingesponnen worden und half ihm, ihre Oma abzulenken, damit er unbemerkt an die Schublade mit den Süßigkeiten kam. Später wurde die ergaunerte Beute gerecht aufgeteilt.

»Otto. Ich glaube, ich nenne dich Otto«, sagte sie zu dem Lamm, das immer noch neben ihr saß und sie wahrscheinlich nicht verstand und den Namensvorschlag hätte ablehnen können. Es war nur ein vermeintliches zustimmendes Blöken von den anderen Schafen der Herde zu hören. Und dann die Stille der waldgrünen Bäume.

Short Story Collection

## M O N A T 5

# Ein innerer Monolog zu einem unerfreulichen Aufeinandertreffen

Diesen Prompt nutzten unsere Autor:innen, um in die Köpfe ihrer Charaktere einzudringen. Einen Monolog wie diesen kann man entweder technisch umsetzen oder klassisch nah am Charakter schreiben. In jedem Fall folgen wir Ich-Erzählern durch ihre Geschichten und kriegen einen hautnahen Einblick in deren Gedanken.

Short Story Collection

## F A H R ( T )   Z U R   H Ö L L E

Julia Grams

Da vorne ist schon die Raststätte. Zeit für die rechte Spur, sonst verpasse ich meine Ausfahrt. Die ist direkt dahinter. Noch zwanzig Minuten über die Landstraße und durch die Dörfer, dann bin ich da, puh.

Ich liege gut in der Zeit. Eigentlich könnte ich in der Raststätte eine kurze Pause machen und noch einen Kaffee trinken. Obwohl, lieber kein Kaffee. Mein Puls ist hoch genug, den muss ich nicht mit Koffein zusätzlich antreiben. Weshalb bin ich überhaupt so angespannt und aufgeregt? Positiver Pessimismus wahrscheinlich: Von der schlimmstmöglichen Situation ausgehen, überlegen, was passieren könnte und welche Reaktion darauf möglich wäre und sich am Ende darüber freuen, dass es gar nicht so schlimm war. Trotzdem, Kaffee brauche ich jetzt nicht. Kurz die Füße vertreten und noch einmal aufs Klo wäre jedoch nicht schlecht nach vier Stunden im Auto.

Warum tue ich mir das an? Mehrere hundert Kilometer an einem Tag hin und zurück fahren für ein halbstündiges Ereignis; einer Veranstaltung, die mir am Arsch vorbeigeht. Irgendwie bescheuert. Geht es mir darum, einen sauberen Schlussstrich zu ziehen? In Gedanken hatte ich mich doch schon längst verabschiedet. Wofür brauche ich dann diese Veranstaltung? Etwa doch Unterwerfung unter gesellschaftliche Konventionen? An mich gestellte Erwartungen erfüllen? Soll ich umdrehen? Oder lege ich es auf dieses Aufeinandertreffen an? Dort werden viele Menschen anwesend sein, die mir nicht wohlgesonnen sind. Aber ganz besonders einer. Ich, das schwarze Schaf. Und er, das Monster. Dabei ist er doch schlimmer als ich. Wie kann er morgens in den Spiegel gucken? Kann er es überhaupt? Zum Rasieren muss er es wohl. Wenn ich in letzter Minute hinein husche, und sofort danach wieder zum Auto sprinte, kann ich dem Aufeinandertreffen vielleicht entgehen. Aber was, wenn die engsten Angehörigen draußen stehen, er mittendrin, und ich ihnen begegne? Der ganzen Meute auf einen Schlag. Halleluja! Ich könnte bei der Gelegenheit allerdings die Chance nutzen, alles zu sagen, was mir in den Sinn kommt, vor allem, wenn ich an ihn denke. Und das ist eine Menge! Sollte ich gleich mit »du perverses Schwein« lospoltern? Entweder wäre er dann so schockiert, dass er nichts mehr sagen könnte oder er würde wieder herumbrüllen. Ich sehe schon die Schlagzeile in der Dorfzeitung vor mir: Eskalation auf dem Friedhof! Oder: Hausfriedensbruch bei den Toten. Die gefällt mir, hihi. Aber lustig ist die Situation nicht. Will ich ihm überhaupt irgendetwas sagen? Würde es etwas nützen? Das, was geschehen ist, kann ich weder verändern noch rückgängig machen. Immerhin hat er es getan. Er ist der Täter und hat sich bewusst dazu entschieden, die Taten durchzuführen. Ich frage mich, war es Absicht, gar von langer Hand geplant oder spontan? Ein Versehen? Unmöglich! Sowas kann man nicht versehentlich tun! Vor allem nicht mehrfach! Das war kaltblütig! Oder er hat sich nichts dabei gedacht, aber irgendetwas in ihm hat ihn dazu getrieben. Getrieben. Ja, das Wort passt gut. Und nun soll ich ihm lächelnd die Hand entgegenstrecken und ihm vergeben? Das wäre eine große Geste, aber wäre sie ehrlich? Ich hasse ihn. Ich würde ihn gern nach dem Holzkasten in das große Loch schmeißen und ihm

Erde in die Fresse rieseln lassen. Panieren wie einen russischen Zupfkuchen. Endlich Ruhe. Naja, zumindest würde er mir danach nicht mehr über den Weg laufen können. Aber wäre das eine Lösung? Nein, die Lösung liegt in mir, das weiß ich. Es ist so verdammt schwer. Ich muss den Hass hinter mir lassen. Nein, müssen ist das falsche Wort. ´Nen Scheiß muss ich. Aber ich will! Ich will damit abschließen, meinen Frieden finden. Puh. Wenn es nur nicht so verdammt schwer wäre!

Oder ich könnte ihn bloßstellen. Das wäre ein Skandal! Die heile Familie zeigt ihr wahres Gesicht: sie sind ein verlogener Sauhaufen! Jeder gegen jeden, lästern und übereinander herziehen ohne Ende. Eigentlich müssten alle eine Glatze haben, weil keiner am anderen ein gutes Haar lässt. Und die Autos mit den ausländischen Kennzeichen müssen natürlich regelmäßig auf dem Hof zu sehen sein, was sollen sonst die Nachbarn denken? Oberflächliche verlogene Scheiße. Ich bin da raus, ohne mich. Sollen sie sich doch weiterhin gegenseitig die Hucke voll lügen, aber ich bin mir dafür zu schade. Dann bin ich eben die Böse, der gemeinsame Feind, scheiß drauf! So, es ist Zeit für die Abfahrt.

# L O V E   M E   D E A D

## E. Marwood

»Wieso?« Das war die Frage, die ich mir immer wieder stellte. »Wieso musste er tot bleiben?«

Ich war schließlich ein Necromancer, der sein ganzes Leben damit verbracht hatte, mit Toten zu reden und seine eigenen Fähigkeiten zu perfektionieren. Wozu sollten all diese endlosen Stunden, die ich mit Lernen verschwendet hatte sonst gut sein, wenn nicht dazu schlussendlich selbst dem Tod zu entgehen?

Die Frage hatte ich mir in den letzten Jahren immer wieder gestellt, normalerweise ohne eine Antwort zu erhalten. Wahrscheinlich gab es keine.

Ich musste es also versuchen, ich musst einen Weg finden, dem Tod zu entgehen.

Nicht für mich. Für ihn.

Das war ich ihm schuldig, schließlich hatte ich den seinen verursacht.

Irgendwo in meinem Hinterkopf gab mir eine Stimme die Schuld daran. Als mein Partner und Freund hatte er das Risiko gekannt. Ich wusste, dass es nichts gab, was ich hätte tun können, um ihm zu helfen und doch war dieses Gefühl der Schuld erstickend.

Die Stimme, die mich anschrie und mir sagte, ich hätte versagt, so laut. Manchmal war es einfacher, auf sie zu hören und mich schlecht zu fühlen, statt mich meiner Gedanken und Gefühle zu stellen.

Und dann war da natürlich noch diese endlose Leere, die er hinterlassen hatte. All die schönen Erinnerungen, die wir teilten, waren jetzt nur ein weiterer Beweis meines Versagens und dafür, dass mein Leben nie wieder das Gleiche sein würde.

*Du könntest es versuchen. Du könntest versuchen, ihn wieder zum Leben zu erwecken,* flüsterte die Stimme immer wieder.

Seit mein alter Mentor mir genau diese Worte nach dem Tod meines Partners gesagt hatte, kehrten meine Gedanken immer wieder zu ihnen zurück.

Klar, es war verdammt illegal und dazu galt es auch noch als unmöglich, die Toten wieder zum Leben zu erwecken, aber was hatte ich zu verlieren? Meine Freiheit war mir im Moment nicht mehr viel wert.

Er verdiente es, wieder unter den Lebenden zu sein und er könnte auch wieder an meiner Seite sein!

Oder war das mein Motiv?

Zu behaupten, ich hätte an dem Tag meinen Freund verloren, wäre eine maßlose Untertreibung gewesen. Ich hatte meinen Seelenverwandten, den einzigen Grund für mich, am Leben zu bleiben, vor meinen Augen sterben sehen. Jede Sekunde ohne ihn bereitete mir unbeschreiblichen Schmerz. Da war diese Unvollkommenheit, als hätte ich einen Teil meines Herzens verloren und wüsste, dass ich ihn nie komplett zurückbekommen.

Wollte ich ihn vielleicht einfach nur wiedersehen, um mein eigenes Gewissen zu beruhigen und nicht mehr einsam zu sein, oder wollte ich ihm wirklich helfen?

Es war eine unheimlich große Versuchung, dass ich nur meine Kräfte benutzen musste, um ihm vielleicht schon bald gegenüber treten zu können. Betonung auf vielleicht. Der richtige Vorgang war sehr wichtig, falls es überhaupt möglich war.

Ich konnte ihn auch nicht fragen, was er wollte, da sein Geist mich anschwieg.

Also war ich gleich nach dem Gespräch mit meinem Mentor in die Archive der Necromancer gegangen, die Katakomben ähnelten.

Falls eine Formel existierte, um die Toten wieder zum Leben zu erwecken, dann gab es sie hier.

All die dunklen, heruntergekommenen Gänge verziert mit den Gebeinen der Necromancer, die sie in den Jahrhunderten vor mir aufgesucht hatten, brachten mich jedoch in meiner Entscheidung noch mehr ins Straucheln.

*Wie war überhaupt das Leben nach dem Tod? Gab es eines? War es dort besser als in der Welt der Lebenden? Sollte ich ihn vielleicht dort seinen Frieden finden lassen?*, fragte ich die Stimme, mich selbst, während ich mich durch einen halb eingestürzten Torbogen zwängte und auf der anderen Seite in einen runden Raum stolperte.

Er war anders als die, durch die ich bisher gegangen war. Ich schob meinen inneren Konflikt beiseite, um mich ganz auf diesen Raum zu konzentrieren.

In der Mitte, auf einem kleinen Podest, lag eine Pergamentrolle, pechschwarz und noch älter als diese Gänge.

War sie das? Sie musste es sein. Gewöhnliche Geheimnisse wurden auf gewöhnliches Papier geschrieben.

Ich holte tief Luft und ging vorsichtig auf mein Ziel zu, vielleicht waren hier Fallen aufgestellt worden, aber falls das der Fall war, dann aktivierte ich keine und erreichte das Podest ohne Zwischenfälle. Nach der ersten Freude über meinen Fund, wurden die Zweifel wieder lauter.

Ich musste mich entscheiden, jetzt oder nie. Wer weiß, ob ich diesen Raum jemals wiederfinden würde?

Nachdem ich für das, was sich wie eine Ewigkeit anfühlte, einfach nur dagestanden hatte, die Hand über dem Podest verweilend, nahm ich meinen Mut zusammen und griff nach dem Schriftstück. Ich sollte es wenigstens versuchen.

Noch hatte ich keine Falle aktiviert, also hob ich mein Zielobjekt vorsichtig hoch und wandte mich ab, um den Rückweg anzutreten, als mein Fuß gegen etwas Hohles stieß, dass daraufhin klackernd über den Boden rollte.

Ich brauchte einen Augenblick, um zu registrieren, dass vor dem Podest ein Skelett lag, mit dessen Kopf ich Fußball gespielt hatte.

»Oh, das tut mir schrecklich leid!", entschuldigte ich mich, als ich den leicht beschädigten Kopf aufhob und zum Rest seiner Knochen zurücktrug.

Im nächsten Moment fühlte es sich albern an, mit einem Haufen Knochen, der scheinbar aus dem Nichts aufgetaucht war, eine Unterhaltung zu führen, während der ursprüngliche Besitzer mich nicht mehr hören konnte, weil er unwiderruflich tot war. Bei seinem Zustand konnte sicher nicht einmal die Beschwörungsformel, die ich soeben erhalten hatte, etwas dagegen ausrichten.

Galt das auch für meinen Partner?

Selbst wenn ich es schaffen würde, in welchem Zustand müsste er dann weiterleben?

Die Stimme in meinem Kopf tobte, wehrte sich, als ich langsam zurück ging und die Rolle wieder auf ihren Platz legte.

Ich würde mit der Zeit lernen, zu heilen und mit dem Loch in meinem Herzen zu leben. Ich würde ihn irgendwann wiedersehen. Aber nicht jetzt. Nicht so.

Der Preis wäre zu hoch, das konnte ich keinem von uns antun.

One Short Year

## WANN BIN ICH

Ames Morgen

Was ist passiert? Wieso bin ich hier? Wo ist hier überhaupt? Lebe ich noch? Mit aller Kraft versuche ich mich an die Ereignisse, bevor ich mein Bewusstsein wiedererlangt hatte, zu erinnern. Nichts. Es gibt nur das hier und jetzt. Ein zeitloses Vakuum, in dem ich gefangen bin.

Jemand löst sich aus den Schatten, kommt auf mich zu und meine Stimme versagt. Ich will schreien, fragen und weinen. Nichts. Ich höre Worte der Gestalt, verstehe sie aber nicht. Sie sind ein Rauschen, endlos und statisch. Konzentriere dich. Die Gestalt hat keinen Mund. Aber dennoch redet sie mit mir. Es geht um mich. Irgendetwas ist mit mir passiert. Wieso ist hier alles so dunkel?

Grauschwarze Schemen. Ich bin einer von ihnen. Ich fühle keine Arme oder Beine. Ich fühle nichts. Hier gibt es keine Regeln, keine Tageszeiten. Alles ist grau und mittendrin ich. Wie viel Zeit ist vergangen? Ist sie das überhaupt?

Wann bin ich?

Zeitlos, schwerelos.

Langsam verstehe ich. Ein Anfang und ein Ende. Ich will nicht, dass es zu Ende geht. Aber die Entscheidung wurde bereits getroffen. Die Gestalt ist nur der Überbringer der Nachricht und selbst da verstand ich sie noch nicht.

War sie der Tod? Bin ich tot? Warum denke und empfinde ich noch? Warum kann ich mich nicht erinnern?

Wer bin ich? Wer war ich? Zu wem werde ich?

Werde ich jemals aufhören? Oder werde ich mich immer weiterdrehen, wie die Erde um die Sonne? Würde ich nie zur Ruhe kommen, immer wiedergeboren werden, immer das gleiche erleben. Tod und Geburt. An keine Details kann ich mich am Ende erinnern.

Hat es sich denn gelohnt? Wird es sich lohnen? Meine Fragen werden nicht beantwortet, von wem auch.

Also existiere ich weiter. In der Existenz meiner Nichtexistenz.

## M O N A T  6

# The Past beats inside me like a second Heart

Halbzeit und genau der richtige Moment, die eigenen erzählerischen Fähigkeiten auf den Prüfstand zu stellen. John Banvilles Zitat liefert den Ausgangspunkt zu einer besonderen Herausforderung: Eine Geschichte in nur 100 Wörtern zu erzählen.

Besonders gut gemeistert haben diese Aufgabe zwei unserer Autorinnen. Beide blicken in die Vergangenheit.

## HÜTER DER ERINNERUNGEN

Sandra M. Wolf

In letzter Zeit erinnere ich mich mehr an sie. Wenn ich es tue, dann schlägt ein weiteres Herz in meiner Brust, obwohl Celestine seit vierzig Jahren unter der Erde liegt. Ich will nicht daran denken, wie viel noch von ihr übrig ist. Es würde nichts bringen. Seit ihrem Tod bin ich der Hüter ihrer Erinnerungen. Sie war so anders als ich. Beliebt, schön, begehrt, freundlich, hilfsbereit und gütig. Niemand hasste Celestine. Nun denke ich noch ein letztes Mal an ihr Leben, dann lass ich los. Mein letzter Gedanke gilt mir und ich frage mich: Wer wird sich an mich erinnern?

## DUNKLE VERGANGENHEIT

Ames Morgen

Hier stand ich nun.

Jahrzehnte waren ins Land gezogen, aber der verlorene Sohn kehrt zurück. Endlich. Ein Grund zum Feiern, wären nicht alle Fenster dunkel und die Türen verrammelt. Als wolle man mir den Eintritt untersagen. Meine Vergangenheit holte mich ein. Erinnerungen an Prunk, Gold und weiche Stoffe fluteten mein inneres Auge. Gartenpartys inmitten alter Statuen, mit Moos bedeckt. Ausgelassenes Lachen.

Bis es irgendwann nichts mehr zu feiern gab. Irgendwann war mein Lachen verstummt und das aller um mich herum.

Hier stand ich nun. Der Sohn, der den Mord an seinen Eltern mitgeplant hatte.

# MONAT 7

## Sonnenblumenfeld

In unserem diesmonatigen Bildprompt reckten leuchtend gelbe Sonnenblumen ihre Köpfe dem warmen Licht entgegen. Über ihnen ein strahlend blauer Himmel. Unsere Autor:innen ließen sich jedoch nicht von der sommerlichen Szenerie in die Irre führen und entschieden sich nicht ein einziges Mal für die offensichtlichste Lösung.

Stattdessen überraschten sie uns mit toten Drachen, einer Sci-Fi-Rettung in letzter Sekunde und zwei Geschichten, die in bittersüßen Erinnerungen schwelgen. Julia Grams stellte sich in diesem Monat einer besonderen Herausforderung und reagierte auf den Wunsch von R. West uns eine Vampirgeschichte zu liefern. Schließlich gab es bisher noch keine und die gehört ja wohl in jede Sammlung. Heraus kam eine absurd-witzige Erzählung in Dialekt. Mission erfüllt. Doppelte Punktzahl.

Short Story Collection

## EINE BLUME FÜR THEO

Annika M.

»Was sehen Sie, wenn sie Ihre Augen schließen?«

Ihre Stimme drang nur leise an meine Ohren, so als wäre sie weit entfernt und befände sich nicht bloß wenige Meter neben mir.

»Blumen. Sonnenblumen. Ein ganzes Feld. Die Sonne scheint und alles leuchtet in kräftigen Farben. Der Himmel ist fast wolkenlos, nur eine einzige, flauschige Wolke ist zu sehen.«

Ich verlor mich im Anblick der Pflanzen. Vergaß, dass ich bei meiner Therapeutin lag. Es tat gut, sich den sonnigen Bildern zu stellen. Ich wollte nicht in die nasskalte Realität eines grauen Novembertags zurückzukehren.

»Was verbinden Sie mit Sonnenblumen?«

»Nichts.«

Ich sprach das Wort aus und wusste, dass es eine Lüge war. Ohne etwas dagegen tun zu können, schossen mir Tränen in die Augen. Liefen meine Wangen hinab und in die Mundwinkel hinein. Beschämt wischte ich mir mit dem Ärmel übers Gesicht. Ich wollte nicht, dass mich jemand weinen sah.

Das Bild vor meinen inneren Augen wandelte sich. Es war nicht länger ein einsames Feld voller Sonnenblumen. Es war ein Sonnenblumenfeld, durch dessen Reihen wir liefen. Wir. Theo und ich. Ich und Theo. Hand in Hand.

Die Erinnerung stammte aus unserem ersten gemeinsamen Urlaub. Damals waren wir gerade einmal zwei Monate zusammen gewesen und hatten in der Illusion gelebt, dass Liebe unsterblich machen würde.

»Wollen Sie mir erzählen, was in Ihnen vor sich geht, während Sie die Sonnenblumen betrachten?«

Ich schniefte. »Können Sie mich bitte duzen und beim Namen nennen?« Meine Stimme klang heiser und kratzig, doch ich hatte nicht die Kraft, um ein Räuspern auszustoßen.

»Selbstverständlich. Also, Marik, wie geht es dir, wenn du die Blumen betrachtest?«

War diese Frage nicht vollkommen überflüssig? Ich lag auf dem Sofa meiner Therapeutin und weinte. Wie sollte es mir schon gehen?

»Ich erinnere mich daran, mit Theo durch ein Feld zu laufen. Wir lachen und halten uns an den Händen. Alles ist gut. Ich wünsche mir, dort zu sein. Mit Theo an meiner Seite. Ich stelle mir vor, dass wir dieses Sonnenblumenfeld nie verlassen hätten. Dass wir nie auf die Idee gekommen wären, zwischen Bäumen herumzuklettern. Wir hätten dem Wald keine Aufmerksamkeit schenken sollen, wo es doch bei den Blumen so schön war.«

Ein neuer Schwall Tränen kullerte über mein Gesicht. Mein Körper bebte und ich fühlte mich, als würde mein Inneres entzweigerissen werden.

»Gib dir nicht die Schuld dafür, dass ihr nicht am Boden geblieben seid. Es war ein Unfall, Marik. Ein Unfall, der nicht hätte passieren dürfen, für den du aber keine Verantwortung trägst.«

Wut stieg in mir auf, weshalb ich mich von meiner liegenden in eine sitzende Position begab. In diesem Moment war mir egal, wie ich mit den roten Augen und dem verweinten Gesicht aussehen musste.

»Natürlich trage ich die Verantwortung! Ich wäre als Erster an der Reihe gewesen, ich! Aber ich hatte Angst, deshalb ist Theo zuerst gegangen. Das Seil wäre nicht bei ihm gerissen, sondern bei mir! Ich wäre von der verdammten Plattform des gottverdammten Kletterparks gestürzt! Ich wäre tot, nicht Theo!«

Erschöpft sackten meine Schultern nach unten. Ich hätte sterben sollen, nicht er. Nicht Theo.

Ich ließ den Kopf hängen, starrte auf meine verdreckten Schuhe und versuchte nicht einmal mehr, die unzähligen Tränen aufzuhalten.

»Was glaubst du, was geschehen wäre, wenn du als Erstes gegangen wärst? Wie würde Theo sich fühlen? Würde er sich nicht genauso wünschen, dass es dir gut geht und er verunglückt wäre?«

Vermutlich würde er das. Vermutlich würde seine Reaktion der meinen gleichen. Schock, Angst, Erschrecken, Panik. Der Wunsch, sich hinterher zu stürzen. Die Vorwürfe, weshalb er nicht als Erster gegangen war. Das nächtliche Weinen. Die Verzweiflung, wenn er jeden Tag allein in unserem Bett aufwachte.

Machte es einen Unterschied, wer von uns überlebt hatte?

»Was würdest du am liebsten tun? Jetzt, in diesem Moment?«

Theo umarmen. Ihn küssen. Ihm sagen, wie gern ich mehr Zeit mit ihm gehabt hätte. Mich für all die Male entschuldigen, die ich ihn in unnötige Diskussionen verwickelt hatte, anstatt seine Anwesenheit zu genießen. Meinen Kopf an seine Schulter lehnen und wissen, dass das der Ort war, an den ich hingehörte.

Doch das waren keine Antworten, die meine Therapeutin gelten lassen würde. Sie wollte etwas hören, das ich umsetzen konnte. In der Realität, nicht nur in meinem Kopf.

»Ich würde Theo gern eine Sonnenblume schenken. Und ihm versprechen, dass ich ihn nicht vergessen werde. Ihm sagen, dass ich ständig an ihn und unsere gemeinsame Zeit denken muss.«

Mein Atem beruhigte sich und die Tränen hörten auf zu fließen. Es würde nicht das letzte Mal sein, dass mich eine Erinnerung an Theo zum Weinen brachte. Doch das war okay. Mit ihm war mir mein Lieblingsmensch genommen worden. Es war in Ordnung, zu trauern.

»Dann solltest du genau das tun. Steh auf, besorge eine Sonnenblume und schenke sie ihm. Und vergiss nicht, dass dir niemand eure gemeinsame Vergangenheit nehmen kann. All die schönen Momente gehören für immer dir.«

Vielleicht hatte sie recht. Sehr wahrscheinlich hatte sie recht.

Ich nickte und stand auf.

»Danke«, sagte ich leise und reichte ihr meine Hand, um mich zu verabschieden. Dann ging ich.

Ich würde Theo eine Sonnenblume schenken. Ich würde meine Augen schließen und mich daran erinnern, wie wir lachend durch das Sonnenblumenfeld liefen.

## EIN DACHBODENFUND

Veruca Sabin

Die staubige Luft des Dachbodens ließ sie schwer atmen. Iris strich mit den Fingerkuppen über einen vergilbten Umschlag, den sie aus einem der oberen Kartons genommen hatte. In ihnen waren seit Wochen ihre Erinnerungen eingeschlossen. Die Glühbirne an einer der Mittelpfetten schaukelte von einer Seite auf die andere und ließ die Schatten der Kisten und alten Möbel an der Beplankung tanzen. Iris stieg über den aufeinandergehäuften Sperrmüll und setzte sich schließlich in das Polster eines vergilbten Sofas. Das graugeblümte Kissen federte unter ihr schon lange nicht mehr und sie versank tief in diesem relikten Albtraum.

»Puh.« Iris strich sich die Ponysträhne hinters Ohr. Ein angelaufener Spiegel warf ihr das Lächeln einer fremden Frau entgegen.

»Also schauen wir mal.« Mit den Fingerspitzen öffnete sie den Umschlag und zog eine Reihe von Fotografien hervor.

Die ersten Bilder zeigten Landschaftsaufnahmen, an die sie sich nicht erinnerte. Eilig schob sie eines nach dem anderen hinter das jeweils letzte. Als sich vor ihr ein Sonnenblumenfeld erstreckte, hielt sie inne. Inmitten des Blumenmeeres standen zwei Kinder. Der Junge in einem verdreckten grünen Shirt rechts von dem Mädchen war etwa einen halben Kopf größer als sie. Eine welke Sonnenblume in ihrer Hand ließ zwischen ihnen den Kopf hängen. Iris hielt den Atem an, ein vertrautes Gefühl machte sich in ihr breit. Sie meinte, das Echo der

Wärme an den nackten Beinen des Mädchens zu spüren, den Schmerz eines aufgeplatzten Knies, die Schweißperlen, die sich unter den Haaren sammelten und über die Stirn rannen, den ausgedorrten, knorrigen Feldboden unter den nackten Fußsohlen, den Stängel der Blume zwischen den Fingern.

»Komm, wir suchen dir die Schönste aus.« Die Mundwinkel des Jungen verzogen sich zu einem Lachen, seine Augen aber schwiegen, als er die Hand auffordernd nach Iris ausstreckte. Sie ergriff seine Finger und ließ sich von ihm zwischen den Blumenreihen ins Feld ziehen, bis sie außer Atem war und keinen Schritt mehr weiter machen wollte.

»Diese hier gefällt mir«, keuchte sie, doch er riss sie weiter.

»Wir finden eine größere. Im Inneren sind die schönsten Blumen. Dort, wo niemand hingelangt, abgesehen von ihm natürlich. Komm.« Er ließ ihre Hand los, drückte sich allein zwischen zwei Blumenreihen und stürmte davon, nur noch durch die Bewegungen der großen Blätter erkennbar. Iris atmete gegen die aufsteigende Furcht, den Jungen nicht mehr wiederzufinden oder, schlimmer noch, allein dem Herrn des Feldes zu begegnen. Sie stolperte hinter ihm her, stoppte mit schlagendem Herzen, als sich etwas durch die Blumen bewegte. Ein Kopf schob sich zwischen zwei Blättern durch.

»Komm, nicht dass der Herr des Feldes dich zuerst findet.« Das Lachen des Jungen hallte nach, als er schon längst weitergelaufen war.

So schnell sie konnte, stolperte sie ihm nach, erhaschte ihn immer wieder zwischen den Blumen, sah seinen hellen Haarschopf aufblitzen.

»Warte auf mich.« Sie kam ins Straucheln und fiel hin. Schlug schwer mit dem Knie auf einem Stein auf, drückte sich aber sofort hoch, ignorierte das Blut, das aus der Schürfwunde rann und stürmte weiter.

»Aerik!« Selbst in ihren eigenen Ohren klang ihre Stimme leise, verschluckt von der stehenden Hitze und dem Lauschen der Blumen. Verzweifelt versuchte sie, die Richtung auszumachen, in die sie gelaufen waren, aber alles um sie herum ähnelte sich. In gleichen Teilen trieben sie die Angst vor ihm und die Hoffnung darauf, Aerik wiederzufinden, voran. Als sich der Staub auf ihre Stimmbänder legte, ihre Füße keine Kraft mehr hatten über den unebenen Boden zu laufen und ihr Herz gegen die Lunge presste, wurde sie langsamer. Schwer atmend blieb sie schließlich stehen und beugte den Oberkörper nach vorne. Sie stützte sich auf den Oberschenkeln ab und schnappte nach Luft.

»Wo ist er nur?« Die Frage stellte sie den Kieseln auf der Erde. Eine Antwort erhielt sie nicht. Die Blumen um sie herum blickten mit ihren schwarzen Gesichtern zu ihr herab, wiegten ihre gelben Kränze in die eine und gleich darauf in die andere Richtung, blieben aber stumm und behielten ihr Wissen für sich.

Iris ließ sich auf den Boden fallen. Orientierungslos und entkräftet schloss sie die Augen, sah den tanzenden Funken vor ihren Lidern nach, meinte schon, Wasser auf ihrer trockenen Zunge zu schmecken. Das sanfte Rauschen der aneinanderreibenden Blätter beruhigte sie und wiegte sie in einen leichten Schlaf. Doch dann durchbrach ein Geräusch die Ruhe, die Blumen tanzten in einem neuen Rhythmus. Jemand kam näher. Ihre Augen schnellten auf, Iris sprang auf die Füße, konnte aber nicht ausmachen, aus welcher Richtung die Schritte kamen. Näherte sich die Scheuche oder war es Aerik?

Die ermüdete Angst erwachte zu neuem Leben. Plötzlich wusste sie nicht, vor wem sie sich mehr ängstigte.

Direkt ihrem Gesicht gegenüber schob sich ein weißblonder Haarschopf durch die Blätter. Beim Blick in ihr Gesicht brach Aerik in schallendes Gelächter aus.

»Für dich.« Er reichte ihr eine winzige Sonnenblume mit ausgedünntem Blätterkranz.

»Wo geht es zurück?«, keuchte Iris und achtete kaum auf die Pflanze in ihrer Hand.

»Dort natürlich.« Aerik nickte mit dem Kinn in eine Richtung, er zog die Augenbrauen hoch und –

Ein Knall zerriss ihre Erinnerung. Ein zugefallener Fensterladen im Untergeschoss, aber hatte sie nicht alle geschlossen? So schnell sie konnte, eilte Iris die Dachstiege hinunter, flog über die Treppe, stürmte ins Wohnzimmer und erstarrte. Der Laden eines der Fenster an der vorderen Front bewegte sich leicht im Wind. Mit schweißnassen Händen und zitternden Knien schlich sie im Dunkeln durch den Raum, schob den Griff nach oben und zog es auf. Kalte Nachtluft umströmte sie. In den Atem der Dunkelheit mischte sich ein sanfter, fruchtiger Duft. Auf dem Fensterbrett, zwischen den Läden, klemmte etwas. Iris wollte gar nicht wissen, was es war und trotzdem verspürte sie einen inneren Drang, danach zu greifen. Ihre Finger umschlossen einen rauen Stab, eine Sonnenblume löste sich aus den Schatten. Nach Luft schnappend fuhr ihr Blick auf die gegenüberliegende Straßenseite. Unter dem Lichtkegel einer Straßenlampe stand mit den Händen in den Hosentaschen, in seiner schwarzen Kleidung fast mit der Nacht verschmelzend, der Junge von der Fotografie. Seine Mundwinkel verzogen sich zu einem Lachen, seine Augen aber schwiegen.

## VERBISSEN
Julia Grams

Die sonst zart klingelnden Glöckchen an der Eingangstür scheppern. »Vroni!«, keucht Rebekka.

»Ja mei, was is denn mid dia los, Bekki?« Veronika kommt aus dem Nebenraum ihrer kleinen Boutique gestürmt.

»I bin am Sonnenblumenfeld entlang geradelt. Des schaud so schee aus. Du willst doch Fotos von den neuen Dirndln machen. Heid ist's so sonnig. Des wärn bestimmt super Fotos im Sonnenuntergang!«

»Oh, subba Idee! I schließ um halb siebn ab, dann könna mia glei los.« Veronika blickt auf ihr Handy. »Sonnenuntergang is um halb acht, des bassd.«

»Ok, i hol mei Kamera und komm wieder her.« Rebekka stürmt aus dem Laden. Durch das Schaufenster sieht Veronika, wie sie sich auf ihr Fahrrad schwingt und davon düst.

Die verbleibende Zeit nutzt Veronika, um die schönsten Stücke ihrer neuen Kollektion sorgfältig in Kleidersäcken zu verpacken. Kurz vor halb schließt sie die Tür ab, da kommt Rebekka auch schon mit einem großen Rucksack auf dem Rücken angesaust. »Pack mers?«, ruft sie ihrer Freundin von weitem zu. Veronika nickt, während sie vorsichtig die Kleider in ihrem Fahrradanhänger verstaut.

»Mei, is des schee!«, staunt Veronika, als sie kurz darauf am Sonnenblumenfeld am Stadtrand ankommen. Rebekka bereitet ihre Kamera vor, während Veronika sich vor den blühenden Sonnenblumen positioniert. Die untergehende Sonne taucht alles in goldenes Licht. Rebekka ist mit den Probeaufnahmen zufrieden und lässt Veronika ein Dirndl nach dem anderen anziehen. Allmählich bricht die Dämmerung ein.

»Zeig doch mal dein Holz vor der Hütten«, schlägt Rebekka übermütig vor, als sie beim letzten Kleid angekommen sind. Veronika knöpft ihre Bluse auf und lockert die Schnürung am Dirndl.

»I kann ma a Bleame vorn Busn hoidn«, gluckst sie.

»Naa, steck dir doch eine kleine in die Hoar«, meint Rebekka.

»Des is ma zu liab«, kichert Veronika. »Schau moi, wenn i ma des Bleame zwischn de Backn hoid, sieht's aus, als scheine ma de Sonn ausm Oasch!« Veronika hat sich umgedreht und eine kleine Blüte zwischen die Pobacken geklemmt. Das Kichern steigert sich zu schallendem Gelächter, in das auch Rebekka einstimmt. Plötzlich wird es von einem durchdringenden Schrei übertönt. Veronika dreht sich zu Rebekka. »Wos hasd du?« Sie kann nur zuschauen, wie Rebekka auf ihr Fahrrad springt und in die Pedale tritt, als sei der Teufel hinter ihr her. Veronika blickt verwundert ihrer Freundin nach, als sie im Augenwinkel eine Gestalt wahrnimmt. Sie erstarrt. Vom Waldrand am Sonnenblumenfeld nähert sich ein bleichgesichtiger Mann mit weißen Haaren und schwarzem Umhang. Er steuert genau auf sie zu.

»Ich wünsche einen guten Abend, gnädiges Fräulein«, spricht er Veronika im Gehen an. »Mein Name ist Ludwig-Theodor. Im Jahre 1920 wurde ich durch einen unglücklichen Zufall zum Vampir. Alle hundert Jahre benötige ich frisches Blut. Nun ist's September 2020 und ich habe Sie als Quelle auserwählt. Keine Sorge, es muss nicht der Hals sein.« Mittlerweile hat er Veronika erreicht, die mit offenem Mund, offener Bluse und Sonnenblume in der Hand noch immer regungslos am Feldrand steht. Er neigt sich zu ihr.

»Päh, igitt!«, Ludwig-Theodor spuckt auf den Boden und verzieht angeekelt das Gesicht. »Verzeihung, gnädiges Fräulein, aber das ist doch kein Blut! Sind Sie denn kein Mensch?«

»Himmel, Oasch und Zwirn no oamoi! Jo san sie dann deppert!«, poltert Veronika, »Sehn Sie ned, dass i Silikon in de Brüsdn hob?«

»Entschuldigung, bitte was haben Sie in den Brüsten?«

»Herrje, san Sie schwer von Begriff? Si-li-koon, i hoab Gummititttn!« Veronika schnauft genervt. »Es tut mir leid, gnädiges Fräulein, ich verstehe nicht, was Sie meinen«, entgegnet Ludwig-Theodor höflich.

»Des san Kissn in da Brust, damit de grössr san. De had a Azt eigesetzt. So a Scheiss, de ganze Brüh laufd aus. Wia sieht des denn aus? Und was soll i meim Chirurgn sang? ,Mei Kissn is ausglauffa, do had a Vampir neigebissn'?« Veronika schüttelt den Kopf.

»Ihr praller Busen wirkte sehr anziehend. Mir war nicht bekannt, dass der Busen mit Kissen aufgefüllt werden kann, sehr interessant. Leider nicht sonderlich nahrhaft. Ich schätze, Sie würden mir einen zweiten Versuch verwehren.« Fragend sieht Ludwig-Theodor Veronika an.

»Ham Sie sie no alle?«, schnauzt Veronika. »I muss sofoat zum Azt. Des glaubt ma doch koa Mensch und de Vasicherung zahlt des neie Kissn bestimmt ned. Oh, und mei Dirndl is aa völlig eingesaut, des war nei! Schleich di, Saupreiss!«

»Ich bitte für dieses Versehen vielmals um Entschuldigung.« Das schlechte Gewissen ist Ludwig-Theodor deutlich anzumerken. »Dürfte ich sie trotzdem fragen, wo ich eine geeignete Quelle finden kann? Ihre Freundin scheine ich verschreckt zu haben«, merkt er zerknirscht an.

»Gehn Sie doch runta zum Fluss. Do stehn Küh auf da Woadn.« Veronika ist nicht nach Höflichkeiten zumute.

»Vielen Dank für diesen Hinweis, jedoch benötige ich Menschenblut. Gibt es keinen Ort, an dem ich unauffällig mein kleines Bedürfnis stillen könnte?« Der Vampir gibt nicht auf.

»Aus, Äpfel, Amen!«, wettert Veronika. »Do kimmd a Spaziergänga mid gleinem Hund. Versuchn Sie ihr Massl doch bei dem!«

»Herzlichen Dank, gnädiges Fräulein, das werde ich tun. Ich verstecke mich besser ein wenig im Feld, sonst verschrecke ich diese Quelle vielleicht auch. Ich bitte Sie nochmals um Verzeihung, Gnädigste. Leben Sie wohl!« Ludwig-Theodor nickt Veronika zu, während er rückwärts in das Feld läuft und hinter der ersten Reihe Sonnenblumen etwas Deckung sucht. Veronika wartet einen Moment. Während sich der Vampir in den Blumen verschanzt, steigt sie flink auf ihr Fahrrad. »Zipfelklatscha, saublöder«, murmelt sie beim Losfahren.

In ihrer Boutique angekommen schmeißt sie die Kleidersäcke auf einen Sessel hinter der Tür. Schnurstracks geht sie zum Kassentresen und zieht die Schublade auf. Sie hebt sämtliche Papiere an und greift nach einer kleinen Karte auf dem Boden der Schublade. Sie wählt die Handynummer. Nach einer gefühlten Ewigkeit meldet sich endlich jemand am anderen Ende der Leitung. »Doktor Huber? Mei Kissn laufd aus, konn i jetz no in de Praxis kumma?« Veronika legt auf. Sie seufzt erleichtert und macht sich auf den Weg.

## IMMER DEN SONNENBLUMEN NACH

Sandra Bollenbacher

»Ich hab dir doch gesagt, dass es so enden wird. Wieso konntest du nicht einmal auf mich hören?«

Sie ächzte unter seinem Gewicht, als sie mit ihm die breite Straße hinunterging. Der nasse Asphalt leuchtete golden im Licht der untergehenden Sonne, die zwischen den tiefschwarzen Wolken des abziehenden Gewitters und dem Horizont hindurch das flache Land mit ihrem Feuer flutete. Wasserdampf stieg von der Straße auf und sie fühlte sich wie in einer Sauna. Sie schwitzte, ihre Hände waren feucht und fast wäre er aus ihrem Arm geglitten. Sie konnte ihn gerade noch an einer Gürtelschlaufe festhalten und zog ihn wieder nach oben.

»Komm schon … Es ist nicht weit. Wir haben es fast geschafft.«

Ihr Schnaufen und ihre schlurfenden Schritte wurden beinahe von den Grillen übertönt, die nach dem heftigen Regenguss meinten, die verlorenen Stunden wiedergutmachen zu müssen.

»Nicht mehr … weit.«

Er stank, aber verwunderlich war das nicht bei seinem Zustand. Doch der Gestank maskierte seinen Geruch, seinen ureigenen Geruch, den sie so viele Jahre gerochen, geliebt und dann vermisst hatte. Sie ertappte sich dabei, einen kurzen

Seitenblick auf ihn zu werfen. Ja, natürlich war er es, auch wenn er anders roch und sein Aussehen verändert hatte, auch wenn sie gerade nicht die Liebe in seinen Augen sah, diese allumfassende Liebe, die sich so anfühlte, als könnte sie nicht nur Jahre, sondern auch Welten überbrücken.

»Markus? Markus!« Hysterische Rufe schnitten durch das monotone Zirpen der Grillen.

»Wo ist der Kerl?«, folgte ein donnerndes Brüllen.

Sie warf einen gehetzten Blick über ihre Schulter. Im Haupthaus der Farm brannten die Lichter und sie sah zwei dunkle Gestalten über den Hof laufen.

Sie festigte ihren Griff um ihn und beschleunigte ihre Schritte.

Der Motor eines alten Pick-ups erwachte stotternd zum Leben. Als sie sich ein zweites Mal umblickte, sah sie seine hellen Scheinwerfer auf der kerzengeraden Straße zwischen den Feldern direkt auf sie zusteuern.

»Da vorne sind sie!«

Die Reifen des Trucks schmatzten auf der nassen Fahrbahn hinter ihr, viel zu nahe. Ihr blieb keine andere Wahl: Die Arme fest um ihn geschlungen, zog sie ihn mit sich ins Sonnenblumenfeld und rannte los.

Hier war es merklich kühler, die Luft reiner als auf der Straße, und es roch intensiv nach nasser Erde und Leben. Die Stämme der meterhohen Blumen standen dicht, ihre schlaffen Blätter peitschten nass über ihr Gesicht, über ihre Arme und Beine und sicher auch über ihn, auch wenn er keinen Mucks von sich gab. Die meisten der gelben Köpfe waren nach Westen gerichtet, sahen der eben am Horizont verschwindenden Sonne hinterher, andere hatten sich bereits zum Schlafen gesenkt.

Irgendwo hinter sich hörte sie Autotüren knallen und wieder das Rufen der Frau: »Markus!« Sie klang panisch, verzweifelt, aber auch wütend. Was bildete sie sich ein? Dachte sie wirklich, er gehörte ihr?

»Dort vorne!« Das war wieder die andere Stimme, tiefer, grausamer. Der Vater.

Wahrscheinlich konnten ihre Verfolger an den Bewegungen der Sonnenblumen erkennen, wo sie war, denn eine Sekunde später knallte ein ohrenbetäubender Schuss durch die hereinbrechende Nacht. Ein paar Meter schräg vor ihr wurden drei dicke Stämme in Stücke zerrissen. Sofort blieb sie stehen und rang nach Luft. Ihr Herz raste in ihrer Brust. So würden sie es nicht schaffen. Sie ließ seinen Körper auf den Boden rutschen. Wieder knallte ein Schuss und sie kauerte sich auf die Erde.

»Das bringt nichts. Wir müssen hinterher«, hörte sie die Frau.

»Wo sind sie?«, rief ihr Vater.

Ja, wo sind wir, fragte auch sie sich. Sie sah hinauf zu den schweren Blüten. Die Blätter leuchteten beinahe unnatürlich vor dem farblosen Himmel, auf dem sich bereits die ersten Sterne zwischen den sich auflösenden Wolken zeigten. Ihr gelber Blick nach Westen wies ihr den Weg. Doch der Blick der anderen, hinunter zu ihr, war weniger freundlich.

»Was hast du getan?«, schienen sie zu fragen. »Warum?«

»Aus Liebe«, erwiderte sie stumm.

»Liebe? Sie liebt ihn auch.«

»Sie hat ihn mir genommen!«

»Und du hast ihn ihr genommen.«

»Sie weiß ja nicht einmal, wer er wirklich ist.«

»Du weißt, wer er war, aber weißt du auch, wer er jetzt ist?«

»Er wird wieder sein, wer er war. Wer er mit mir war.«

Sie packte ihn an den Händen und zog ihn hinter sich her, zwischen den borstigen, grünen Stämmen hindurch, langsamer jetzt, vorsichtiger, um die Blumen so wenig wie möglich zu stören. Immer wieder hörte sie die Rufe ihrer Verfolger, mal näher, mal weiter weg.

Sie folgte den Sonnenblumen Richtung Westen. Ihre Arme und ihr Rücken schmerzten, dann wurden ihre Arme taub, doch sie ging weiter, zog ihn mit sich, bis sie endlich keine grünen Schwerter mehr im Rücken spürte und statt der nassen Erde gelbes Gras unter ihren Füßen sah. Mit einem letzten Ruck zog sie seinen Körper ans Ufer des Sees.

Sein Gesicht war grau wie seine Lippen und seine Augen starrten leer in den mondlosen Himmel. Zärtlich wischte sie ihm Matsch von der Wange, als es hinter ihr knackste. Schnell rappelte sie sich auf, hob mit letzter Kraft seine Leiche hoch und warf sie in den See.

Die andere Frau kam zwischen den Sonnenblumen herausgeprescht und blieb abrupt stehen. »Papa! Ich habe sie!«, krächzte sie mit hasserfülltem Blick. »Wo ist er? Was hast du mit ihm gemacht?«

Eine große Luftblase platzte an der schwarzen Wasseroberfläche und die Augen der Frau weiteten sich. »Mörderin!«

Ehe die wütende Frau sich auf sie stürzen konnte, sprang auch sie in den See. Das Wasser war warm und trüb, doch sie konnte den sinkenden Körper erkennen. Sie packte seinen Arm und zog ihn mit sich, immer tiefer, bis ein blaues Licht am Grund sichtbar wurde.

Ein paar Minuten später legte sie ihn auf das Regenerationsbett, schloss ihn an die Maschinen an und entfernte vorsichtig seine menschliche Hülle, bevor sie sich auch ihrer entledigte.

*Mission erfolgreich,* tippte sie in den Bordcomputer. *Agent ¥ gerettet. Vollständige Regeneration voraussichtlich noch vor Ankunft. Paarung mit Erdbewohnerin verhindert.*

»Hoffentlich«, flüsterte sie. Egal – er war zurück, zurück bei ihr. Wenn er wieder zu sich kam, würden sie wieder zusammen sein. Und dieses Mal für immer.

## S T E I N

R. West

Fenna schlug die Autotür hinter sich zu und wappnete sich gegen den eiskalten Februarmorgen, der ihr sofort in die Knochen kroch. Die Sonne war bereits aufgegangen und der Himmel über ihr strahlend blau. Das machte den frischen Nordwind aber nicht weniger entschlossen und hier draußen, auf dem platten Land vor der Stadt, hielt ihn nichts auf.

Der gewaltige Kadaver des Drachen lag am Straßenrand nur ein paar Meter entfernt.

Er dampfte schon nicht mehr.

Auf den Fotos, die man ihr letzte Nacht zugespielt hatte, war er noch nicht lange tot gewesen. Auf den meisten Bildern sah es deswegen aus, als hätte die Kamera Mühe gehabt, auf die dunkle Form zu fokussieren und sie scharf abzulichten. Die Luft über ihr hatte geflimmert wie nach einem Flächenbrand.

Noah schlug ebenfalls seine Tür zu und streifte sich eine Mütze auf den Kopf. Man erwartet sie bereits, wie es schien. Neben dem Kadaver standen zwei Männer - im Gegenlicht der aufgehenden Sonne nur dunkle Schatten -, doch Fenna erkannte, dass einer von ihnen schmaler gebaut war und wahrscheinlich Noahs Kollege und ebenfalls Auszubildende Ben war. Der andere Schatten war ihr vertraut genug, dass sie sofort Matt darin sah, auch wenn ein paar Monate seit ihrer letzten Begegnung vergangen waren.

Vincent war nirgendwo zu sehen, was Fenna zum ersten Mal ungut aufstieß. Normalerweise hielt sie ihn gern auf

Abstand, aber nicht, wenn es gleichzeitig bedeutete, mit Matt allein zu sein. Sie war ihm nicht ohne Grund ein paar Monate lang aus dem Weg gegangen.

Statt sich den beiden wartenden Männern zuzuwenden, betrachtete Fenna den toten Drachen vor ihren Füßen, als sie bei ihnen ankam.

Es schien keine Gewalteinwirkung gegeben zu haben. Nirgendwo war Blut zu sehen, es gab keine offensichtlichen äußeren Verletzungen und auch in dem polizeilichen Bericht, der den Fotos beigelegen hatte, war nichts davon aufgelistet.

Diesen hier hatte also kein Mensch vom Himmel geholt und offenbar auch kein anderer Drache, denn wenn die einander angriffen, blieb selten etwas vom Verlierer übrig.

»Schon mal einen gesehen?«

Fenna sah auf und blickte in Matthew's blaue Augen. Es erschreckte sie, wie sehr sie diesen Anblick vermisst hatte und gleichzeitig verabscheute. Doch vielleicht hatte Vincent recht und ihre Vorbehalte bezüglich der Loyalität seines Partners waren unbegründet. Fenna schob den Gedanken beiseite.

Hatte sie schon einmal einen gesehen? Eine Drachen, der was? ... ohne das Zutun eines Feindes gestorben war? Auf natürliche Weise?

»Noch nie.«

In all den Jahren, seit es sie wieder gab, hatte sie noch nie einen solchen Kadaver gesehen. Er sah beinahe aus wie konserviert. Nicht ganz zu Stein geworden, aber beinahe.

Weil vor allem andere Jäger wie Matthew immer irritiert davon waren, dass sie das Bedürfnis hatte, diese Tiere anzufassen, hielt Fenna ihre Hände bei sich. Dabei hätte sie wirklich gern gewusst, wie er sich anfühlte. Ob tatsächlich jegliche Wärme aus ihm gewichen war.

»Tu's«, meinte Matt und wandte sich schulterzuckend ab. Er hatte ihr Zögern bemerkt.

Fenna sah ihm skeptisch nach.

»Warum?«

Er schnaubte und umrundete den leblosen Körper, bis dieser zwischen ihnen lag.

»Weil du das so oft machst, dass du von uns allen wahrscheinlich die meiste Erfahrung darin hast, zu beurteilen wie anders er sich anfühlt.«

Seine eigenen Hände hatte er in den tiefen Taschen seiner Einsatzhosen versteckt und blickte statt in ihr Gesicht auf das des Drachen herunter. Die beiden Azubis standen etwas abseits und Fenna zögerte noch einen weiteren Moment, bevor sie sich neben den Kadaver kniete und die Hand über seine Flanke strich.

Sie hielt verwirrt die Luft an.

Eiskalt.

Er sah nicht nur aus, als wäre er aus Stein, er fühlte sich auch so an. Die schuppige Haut gab keinen Millimeter unter ihrer Hand nach.

»Wow.« Sie sah zu Matthew rüber.

Der legte vielsagend den Kopf zur Seite. »Der wird nicht so schnell verwesen, wie die, die von uns erlegt werden, hm?«

Fenna verneinte kopfschüttelnd und kam auf die Beine. »Sieht nicht so aus.«

Erst als sie wieder stand, nahm sie wahr, was sich um sie herum abspielte. Die Einsatzkräfte, die den Kadaver über Nacht bewacht hatten, standen ratlos zwischen den hüfthohen Pflanzen eines Feldes, dessen Ende von ihrem Standpunkt aus kaum mehr sichtbar war. Fenna machte Vincent zwischen den Uniformierten aus. Wahrscheinlich war er einmal mehr um

Schadensbegrenzung bemüht oder besprach das weitere Vorgehen mit den örtlichen Behörden?

Fenna stand nicht der Sinn danach, das weiter zu hinterfragen. Stattdessen ließ sie ihren Blick über das beschienene Feld schweifen. Das Bild, das sich ihr bot, war absurd, denn die Pflanzen waren Blumen. Ihre Blätter und Stängel leuchtend grün und ihre Blüten so gelb, wie sie nur sein konnten.

Es war Februar und die Sonnenblumen streckten ihre prallen Köpfe ihrer Namensgeberin entgegen, als kümmerte es sie nicht.

Auf dem Foto von gestern Nacht war von ihnen nichts zu sehen. Fenna holte ihr Telefon aus der Tasche, um es sich noch einmal anzusehen. Hatte sie sich vertan? Aber nein. Auf den Bildern lag das Feld brach. War es eine Fälschung oder der Kadaver vielleicht viel älter, als man sie glauben ließ.

Matthew trat schließlich neben sie und folgte ihrem Blick.

»Sie sind gestern Nacht aufgeblüht. Der Bauer glaubt, es liegt am toten Drachen, und will es abbrennen. Die Polizei ist dagegen.«

»Wofür sind wir?«, fragte sie und sah zu ihm auf. Wie früher so oft hatte er ihren Blick erwartet und begegnete ihm unbeeindruckt, obwohl er bei dem Wort »wir« eine Braue hob. Fenna konnte es ihm nicht vorhalten. Sie hatte das Team vor Wochen verlassen und kein Recht darauf, dieses Wort zu verwenden.

»Er stirbt und alles um ihn herum lebt auf.« Matt zuckte die Schulter. »Warum sollten wir es wieder zerstören?«

Rhetorische Fragen stellte Matthew normalerweise nicht, also wartete Fenna, ob er sich noch für eine Antwort entscheiden wollte. Stattdessen jedoch wandte er sich ab und machte sich auf den Weg zu Vincent.

Fenna und die beiden Lehrlinge blieben bei dem Drachen zurück. Beide sahen sie unsicher an.

»Ich glaube er ist sauer«, meinte Ben schließlich.

»Weil diese Drachen schon wieder etwas tun, das er nicht versteht, oder meinetwegen?«

»Ist das nicht dasselbe?«

## MONAT 8

## Twist it

Let's twist it!

Der Auftrag in diesem Monat lautete, die Leser:innen mit bekannten Plots und Tropes zu locken, den allgemeinen Erwartungen zu trotzen und eine 180° Kehrtwende hinzulegen.

Gemeistert haben unsere Autor:innen diese Herausforderung, indem sie große Helden auf die Bühne schicken und deren Widersprüche ausloten, und uns auf eine ganz alltägliche Mordermittlung mitnehmen und mit feinem Humor überraschen. In einem Märchen, das keins ist, überzeugt Julia Grams zum zweiten Mal in Mundart und liefert uns die urkomische Waldtraut.

Short Story Collection

## HÄNSEL UND GRETEL

Julia Grams

Es war einmal ein armer Waldarbeiter. Er lebte mit seiner Frau und den zwei Kindern am Waldrand. Sein Lohn reichte kaum, um die Kosten zu decken. Seine Frau musste sich um den Haushalt kümmern, die verschwitzte Wäsche mit der Hand waschen, denn eine Waschmaschine konnten sie sich nicht leisten, im weit entfernten Dorf alle zwei Tage mit dem Fahrrad einkaufen, weil sonst die Taschen zu schwer wurden, und den Garten pflegen, in dem sie ein wenig Obst und Gemüse anbauten. Jeden Abend lag sie erschöpft und mit schmerzenden Gliedern im Bett. Sie hatte ihr Leben satt.

»Liebling, wir sollten die Kinder zur Adoption oder ins Heim geben. Bald werden sie in der Schule Themen lernen, bei denen wir sie nicht mehr unterstützen können und ein Studium können wir sowieso nicht finanzieren. Lass uns morgen zum Jugendamt gehen«, schlug sie eines Abends vor dem Schlafengehen ihrem Mann vor. Er fiel aus allen Wolken.

»Was bist du nur für ein herzloses Miststück? Die Kinder weggeben, damit du dich in die Sonne legen kannst, oder was? Dann geh du doch auch arbeiten!«, brüllte er.

Seiner Frau stand die Wut ins Gesicht geschrieben. »Ich war gerade achtzehn, als du mich im Maisfeld geschwängert hast. Ich musste meine Ausbildung abbrechen. Und du hast dich geweigert, auf einen lukrativeren Job umzuschulen! Sonst würden wir jetzt nicht in dieser Hütte am Arsch der Welt hausen!«

Erschrocken setzte sich Hänsel in seinem Bett auf. »Gretel, bist du wach?«, flüsterte er. »Hast du gehört, was die Eltern gesagt haben?«

Seine Schwester brummte. »Ja, schon, lass mich schlafen.«

»Die wollen uns loswerden, ist dir das nicht klar?«, rief Hänsel entrüstet.

»Das machen die nicht, geh schlafen!«, murmelte Gretel.


»Guten Morgen, Kinderlein, seid ihr ausgeschlafen?«

Hänsel und Gretel warfen sich einen vielsagenden Blick zu. Das konnte nichts Gutes bedeuten, wenn ihre Mutter am Morgen übermäßig fröhlich war. Sonst jammerte und seufzte sie. »Kommt, setzt euch und esst euch schön satt. Der Papa braucht heute unsere Hilfe im Wald. Nach dem Frühstück wollen wir los«, säuselte die Mutter weiter. Der Tisch war für ihre Verhältnisse üppig gedeckt.

Wahrscheinlich hatte die Mutter alle Vorräte zusammengekratzt, dachte Gretel, während sie eine Scheibe Brot mit Butter bestrich. »Denkt auch an Proviant«, unterbrach die Mutter ihre Gedanken. Kurz darauf machte sich die Familie auf den Weg in den Wald.

Hänsel und Gretel waren sehr aufmerksam. Sie suchten nach markanten Bäumen und Stellen, die ihnen vertraut waren. Schnell merkten sie jedoch, dass sie immer weiter in einen Teil des Waldes vordrangen, in dem sie noch nie zuvor gewesen waren. Die Sonne stand hoch über den Baumwipfeln, als die Mutter eine Pause vorschlug. Nachdem sich alle gestärkt hatten, verabschiedeten sich die Eltern und sagten, sie würden die Kinder zum Aufstapeln der gefällten Baumstämme abholen. Bis dahin sollten sie sich ausruhen. Hänsel und Gretel blieben auf einem Baumstumpf sitzen. Sie lauschten den Schritten ihrer Eltern. Als nichts mehr zu hören war, öffnete Gretel den Reißverschluss ihrer Hose.

»Geh zum Pinkeln hinter einen Busch«, beschwerte sich Hänsel. Gretel blieb sitzen und zog ihr Handy aus der Unterhose.

»Flugmodus ausgeschaltet und Gardinenband aus Blei aus Mutters Nähkasten herumgewickelt. Da kommen keine Strahlen durch. Das hat sie garantiert nicht gemerkt und orten kann sie uns so auch nicht«, grinste Gretel.

»Wofür hast du denn dein Handy mitgenommen? Hier im Wald hast du bestimmt keinen Empfang«, wunderte sich Hänsel.

Gretel schüttelte verständnislos den Kopf. »Wen soll ich denn hier anrufen? Den bösen Wolf, damit er die Mutter frisst? Trottel! Mir reicht ein GPS-Signal. Ich habe mir heute Morgen schnell eine Karte heruntergeladen und will gucken, wo wir sind und was es in der näheren Umgebung gibt.« Gretel wischte über den Bildschirm. »Schau mal!« Sie zeigte auf ihr Handy und winkte Hänsel zu sich. Auf der Karte war am Waldrand eine Fläche eingezeichnet, die wie ein Acker mit Hütte aussah. »Wenn das Viereck dort wirklich eine Hütte ist, hätten wir wenigstens einen trockenen Platz zum Schlafen.« Erwartungsvoll sah Gretel ihren Bruder an.

»Wie weit ist das? Es ist schon Nachmittag«, gab er zu bedenken.

»Lass es uns probieren. Besser als heute Nacht noch hier zu sitzen.«

»Na gut«, stimmte Hänsel unsicher zu. Ganz wohl war ihm nicht bei dem Gedanken, noch weiter durch den unbekannten Wald zu laufen und sich dabei nur auf ein schwaches GPS-Signal und eine heruntergeladene Karte zu verlassen.

Es fing schon an zu dämmern, als Gretel abrupt stehen blieb. »Riechst du das?« Sie schnupperte mehrmals mit erhobener Nase.

»Waldluft«, entgegnete Hänsel unbeeindruckt.

»Nee, zieh mal richtig Luft in die Nase. Hier riecht es nach Gebackenem und irgendwie komisch süß. Den Geruch habe ich mal auf dem Schulklo gerochen. Rosa meinte, da hätte jemand gekifft.«

»Gretel, wer bitte soll denn hier im Wald einen Joint rauchen? Hast du 'ne Frischluftvergiftung?«

»Namasté«, ertönte plötzlich eine Stimme zwischen den Bäumen. Hänsel und Gretel fuhren erschrocken herum. Vor ihnen stand eine Frau in einem langen Blümchenkleid. Aus ihrem Dutt hingen ein paar gelockte Strähnen. In einer Hand hielt sie eine selbstgedrehte, unförmige Zigarette. Sie lächelte die Kinder an. »Tut mir leid, falls ich euch erschreckt habe. Ich bin Besucher nicht gewohnt«, entschuldigte sie sich. »Hinter der Biegung ist meine Hütte. Ich muss zu meinem Ofen, sonst habe ich Kohlenstücke. Wollt ihr mitkommen?«

Unsicher sahen sich die Geschwister an. Mit einer Fremden würden sie normalerweise nicht mitgehen. Andererseits war es spät und die Alternative, die Nacht ohne Unterschlupf im Wald zu verbringen, war noch gruseliger. Gretel nickte, nahm ihren Bruder an der Hand und zog ihn mit.

»Ich bin Waldtraut. Vielleicht habt ihr schon mal von der Waldhexe gehört. So nennen mich die Dorfbewohner. Ich bin ihnen unheimlich.« Ein amüsierter Unterton schwang in ihrer Stimme.

»Ja, das hat unser Vater mal erwähnt. Er ist Waldarbeiter«, antwortete Gretel.

»Und warum seid ihr hier alleine unterwegs? Ausgerissen?« Die Kinder schüttelten den Kopf. Gretel erzählte die Geschichte. Waldtraut war schockiert.

»Rammeln wie die Karnickel und Kinder machen, obwohl sie sich die gar nicht leisten können! Da werde ich so wütend! Es führt nicht nur ein Weg am Arsch vorbei, sondern auch einer in den Arsch hinein. Warum haben sie den nicht genommen?« Waldtraut schnaubte verächtlich. »Entschuldigt bitte, ich wollte euch nicht eure Existenzberechtigung absprechen. Es regt mich nur so auf, wenn Menschen Kinder in die Welt setzen und dann auch noch schlecht behandeln.«

»Schon gut«, winkte Gretel ab. »Wir kennen es nicht anders.«

Allmählich fand auch Hänsel seine Stimme wieder. »Sag mal, Waldtraut, das in deiner Hand ist doch ein Joint, oder?«

Die Waldhexe brach in schallendes Gelächter aus. »Klar! Willst du mal ziehen?«, fragte sie und streckte die Hand mit dem Joint zu Hänsel.

»Oh nein, lieber nicht, damit habe ich keine Erfahrung.«

Waldtraut schmunzelte. »Hier am Haus habe ich einen Garten mit etwas Obst und Gemüse für mich, aber hinter den Bäumen, wo wir uns begegnet sind, habe ich ein ganz besonderes Feld.« Ungläubig sahen die Kinder Waldtraut an. »Ach wisst ihr, manchmal ist es hier schon etwas einsam. Wenn ich dann einen Joint rauche und halluziniere, sehe ich andere Gestalten und fühle mich weniger alleine«, erklärte Waldtraut.

»Womit verdienst du denn deinen Lebensunterhalt?«, wollte Gretel wissen.

»Kennt ihr die Bäckerei Bachmeier? Für die backe ich sämtliche Lebkuchenherzen. Im Herbst bis Weihnachten ist natürlich Hochsaison, dann könnte ich ohne Unterbrechung Tag und Nacht backen. Aber das mache ich nicht. Schlaf ist wichtig. Valentinstag ist auch immer eine ganz geschäftige Zeit, wenn jeder ein Herzchen mit irgendwelchen Nettigkeiten verschenken möchte.« Waldtraut lachte höhnisch. »Und dann gibt es ja auch noch die Jahrmärkte, auf denen meine Lebkuchenherzen herumhängen.«

»Die sind alle von dir?«, staunte Gretel.

»Ja, ich backe so viel ich kann, aber nicht mehr, als ich muss. So, dass ich gut und zufrieden leben kann. Die Dekoration meines Hauses ist im Prinzip meine Musterkarte«, erklärte Waldtraut und zeigte auf die Vorderseite ihrer Hütte, die mit allerlei Lebkuchen beklebt war. »Und es gibt noch Spezial-Herzen. Die werden vor Weihnachten in einer Apotheke verschenkt. In denen sind ganz spezielle Kräuter.« Waldtraut zwinkerte.

»Du meinst doch nicht–?« Gretel starrte sie an.

Waldtrauts Mund verzog sich zu einem breiten Grinsen. »Doch. Von meinem besonderen Feld kommt zu Weihnachten ein Hauch Kräuter in die Lebkuchenherzen für die Apotheke, damit die Kunden ein harmonisches, glückliches Weihnachtsfest erleben.« Die Kinder kicherten. Waldtraut hatte die Tür zu ihrer Hütte geöffnet. »So, ich schaue schnell nach den Lebkuchen im Ofen, dann kümmere ich mich um ein Abendessen. Setzt euch.« Der Duft frischer Lebkuchen strömte durch das Haus und verbreitete eine gemütliche Atmosphäre.

»Wollt ihr wieder nach Hause?«, fragte Waldtraut beim Essen. Die Kinder schüttelten vehement ihren Kopf. »Hätte mich auch sehr gewundert. Wisst ihr, ich darf Bäcker ausbilden und nehme hin und wieder Lehrlinge auf. Wenn ihr wollt, könnt ihr hier bleiben und bei mir lernen. Vielleicht hat

Bachmeier nach der Ausbildung eine Anstellung für euch. Was meint ihr?«

Hänsel und Gretel konnten ihr Glück kaum fassen. »Das wäre wundervoll!«, riefen sie.

Und wenn sie nicht gestorben sind, dann backen und kiffen sie noch heute.

## MORD IM FRÜHLING

Marina C. Herrmann

Alicia und Ruben erwachten, bevor ihr Wecker klingelte. Sie kuschelten noch eine Weile, standen dann auf, machten sich fertig und frühstückten gemeinsam. Es gab Haferflocken in Mandelmilch und dazu einen grünen Tee – Kaffee mochten sie beide nicht.

Das Telefon klingelte, als sie gerade mit dem Abwasch beginnen wollten.

»Das war Miranda«, begann Alicia, als sie nach dem kurzen Gespräch den Hörer zur Seite legte. »Es gibt eine Leiche am Schlosspark.«

»Dann mal los«, sagte Ruben und legte das Handtuch wieder auf die Spüle. »Du fährst.«

Nach nur zwanzig Minuten waren sie am Ziel angekommen, das bereits fertig abgesperrt und bewacht war. Man führte die bekannten Kriminalbeamten ohne Probleme direkt zur Leiche.

Es war ein junger Mann, wahrscheinlich nicht einmal dreißig Jahre alt, braune Locken, dunkelblaue Augen. Das Messer, das deutlich als Tatwaffe zu erkennen war, steckte noch in seiner Brust, die mit geronnenem Blut überzogen war.

»Guten Morgen«, begrüßte sie Thorsten und stellte sich neben die beiden. »Schöner Tag, oder? Ausgeschlafen, gefrühstückt, freie Straßen. Die Sonne wärmt schon richtig und es ist keine einzige Wolke am Himmel zu sehen. Habt ihr die ganzen Krokusse gesehen? Überall summen kleine

Bienchen. Ein perfekter Tag. Von der Leiche mal abgesehen.«
Er atmete einmal tief die frische Luft ein und gab Alicia seine
Notizen.

»Max Wachsmann, achtundzwanzig Jahre alt, Gärtner hier
im Schlosspark«, las sie vor.

Thorsten pikste Ruben mit dem Ellbogen in die Seite: »Eins
steht fest: der Gärtner ist nicht der Täter.« Die beiden lachten
kurz auf und auch Alicia konnte sich ein Schmunzeln nicht
verkneifen.

»Am Messer sind deutliche Fingerabdrücke gefunden
worden, genauso wie Schuhabdrücke auf dem Boden neben
dem Opfer«, las Ruben, als er sich über Alicias Schulter beugte.
Er nahm ihr die Notizen aus der Hand. »Ansonsten keine
Anzeichen für einen Kampf.«

»Samantha ist bereits auf dem Kommissariat und lässt die
Fingerabdrücke prüfen. So gut, wie sie zu erkennen waren,
dürfte es ein eindeutiges Ergebnis geben. Vorausgesetzt die
Abdrücke sind bereits vorhanden. Ansonsten werden uns die
Schuhabdrücke sicher weiterhelfen. Sie sind sehr klein, aber
recht tief. Man sieht von wo der Täter gekommen und in
welche Richtung er gegangen ist.«

Ruben und Alicia nickten zufrieden. Es schien sich um
einen wirklich einfachen Fall zu handeln. Das wäre perfekt.
Morgen sollte nämlich ihr Urlaub beginnen und den würden
sie sehr gerne wahrnehmen, ohne ständig angerufen zu
werden. Im schlimmsten Fall würden sie ihre freien Tage
verschieben müssen und das wollten sie auf gar keinen Fall. Es
war immerhin ihr letzter Urlaub zu zweit.

»Dann fahren wir mal zum Kommissariat und schauen, ob
Samantha schon ein Ergebnis hat«, beschloss Ruben, bedeutete
den umstehenden Leuten, ihm entweder zu folgen oder sich

um die Leiche zu kümmern, nahm Alicia an die Hand und ging zurück zu ihrem Wagen.

Diesmal fuhr er und die Straßen waren noch genauso frei wie auf dem Hinweg. Die Ampeln sprangen immer früh genug auf grün, alle anderen Verkehrsteilnehmer hielten sich vorbildlich an die Straßenverkehrsordnung und der Himmel war noch immer blau und wolkenlos.

»Ich habe schon auf euch gewartet«, begrüßte sie Samantha mit einem Lächeln und deutete auf den Konferenztisch, auf dem bereits ein paar frisch aufgeschnittene Äpfel, Birnen und Bananen lagen und eine Kanne Tee ihren köstlichen Dampf verströmte. Alicia, Ruben und Thorsten setzten sich, nahmen sich jeder eine Tasse – die hellrosa Flüssigkeit roch nach Kirsche – und ein Stück Obst. So ließ es sich leben!

Samantha legte die Akte offen auf den Tisch und setzte sich. Die schwarzhaarige Frau nahm erst einen Schluck, bevor sie sich über die Papiere beugte, dann wieder zu den anderen sah und mit einem Lächeln verkündete: »Im Prinzip haben wir den Täter. Die Fingerabdrücke waren perfekt zu erkennen und befanden sich bereits in unserem System. Sie gehören zu Herbert Poller.«

Thorsten beugte sich vor und schnippte. »Ja, der Poller. Der hat doch damals die Tankstelle überfallen, weil er mal wissen wollte, wie sich das anfühlt.« Er schüttelte den Kopf.

»Ach, der! Der hat doch auch ein Auto geklaut, weil er wissen wollte, was dann passiert«, erinnerte sich Ruben.

Alicia schlug die Hände vor das Gesicht und seufzte: »Ich ahne, worauf das hier hinausläuft.«

Samantha schloss die Akte, trank ihre Tasse aus, nahm sich noch ein paar Stücke Obst und verließ den Raum. Dabei sagte sie noch: »Dann stattet dem Herrn Poller mal einen Besuch ab.

Die Adresse kennt ihr ja noch. Ihr werdet mir sicher später sagen, wie es lief. Ich beginne dann mal mit meinem Bericht.«

Die drei Kriminalbeamten fuhren zu dem bekannten Hochhaus und traten durch die offenstehende Tür. Im dritten Stock angekommen, wurden sie bereits von einem sehr kleinen, stark übergewichtigen Mann begrüßt – kleine, tiefe Fußabdrücke, jetzt war es eindeutig.

Der Mann freute sich wie ein kleines Kind, ging kurz in seine Wohnung, kam mit einem großen Koffer wieder heraus, setzte sich einen Hut auf, rückte seine Brille zurecht, schloss die Tür ab und wandte sich den Beamten zu.

»Wir können dann los«, sagte er lächelnd und stupste seine Brille erneut zurück.

Die drei schauten sich an.

»Vorher müssen wir noch mit Ihnen reden–«, begann Ruben, da wurde er bereits unterbrochen.

»Ach ja, fast vergessen, wie peinlich.« Der kleine Mann fasste sich an den Hut. »Ich habe den Gärtner erstochen. Das Messer stammt aus meiner Küche, das können sie gerne prüfen. Ich kannte ihn nicht, wollte aber mal wissen, wie sich das anfühlt.«

»Er hat es schon wieder gesagt«, lachte Thorsten und hielt sich die Hand vor den Mund. Für einen Mord war dieses Verhalten immerhin nicht sehr passend. »Kommen Sie, Herr Poller. Diesmal werden es sicher ein paar mehr Jahre als bisher.«

»Das ging schnell.« Alicia stemmte die Hände in die Hüften und sah zu, wie Thorsten den Mann nach unten begleitete.

»Zumindest keine Arbeit im Urlaub.« Ruben freute sich. »Das wird ein kurzer Bericht, am Freitag geht es an die Küste und im Herbst … das größte Abenteuer meines Lebens.«

»Unseres Lebens«, verbesserte ihn Alicia. »Du kannst mit dem Kleinen ja gerne auf der Arbeit vorbeischauen. Immerhin werde ich den ganzen Tag im Büro sitzen und mich sicher langweilen.«

Ruben nahm sie in den Arm und küsste sie auf die Stirn. »Solange du wirklich vorerst im Innendienst bleibst, ist das in Ordnung. Es ist ja nur für ein paar Monate oder Jahre, je nachdem, wie sehr es mir gefällt.«

»Ich finde es großartig, wie du dich für meine Karriere und das Wohlergehen unseres Kindes einsetzt.« Sie drückte ihn an sich, nahm dann seine Hand und ging mit ihm die Treppe hinunter. Thorsten wartete bereits am Auto.

Ruben atmete die frische Luft ein. Der Frühling war wirklich da, wie schnell die Zeit verging. Noch immer strahlte die Sonne aus dem blauen Himmel auf sie herab. »Was für ein perfekter Tag!«

## HELDIN

E. Marwood

Heldin.

So nennen sie mich in den Zeitungen, den billigen Fernsehshows und sogar manchmal in den seriösen Nachrichten.

Es wäre eine Lüge zu behaupten, der Titel würde mir nicht gefallen, auch wenn Lügen kein Problem für mich darstellte, allerdings war er nicht ganz passend. Eine Heldin war ich nie gewesen und würde es nie sein. Helden waren nett und selbstlos, zeigten sich sogar ihren Feinden gegenüber immer von ihrer besten Seite, versuchten Konflikte zu vermeiden und jedes einzelne, angeblich so wertvolle, Leben zu retten.

Nein, um eine wahre Heldin zu sein, machte mir das Töten, das Kämpfen, viel zu viel Spaß.

Die Rolle spielen jedoch, ab und zu ein paar Menschen aus einem brennenden Haus retten, damit die Leute mich liebten und die Polizei wegsah, wenn keiner der Entführer die Geiselnahme überlebte, zu der ich gerufen worden war, klar, das war einfach. Es machte sogar Spaß, sie glauben zu lassen, Leben zu retten würde mich mit Glück erfüllen und dass ich es aus einem noblen und selbstlosen Grund tat, während es mich in Wirklichkeit nur näher an genau die Menschen brachte, die niemand vermissen würde, weil sie selbst die Bösen in dieser Geschichte waren.

Aber war es allein meine Schuld? Das Töten an sich, oh ja, das ging definitiv auf mein Konto, aber was hatte sich die

Regierung dabei gedacht? Wer kam auf die Idee, Killer auszubilden und diese dann auf Rettungsmissionen zu schicken? Jeder mit nur ein bisschen Intelligenz würde versuchen, das Beste für sich daraus zu machen. Und für mich war das nun mal die absolute Kontrolle über das Leben eines anderen Menschen zu haben, besser noch, zu kontrollieren wann und wie es endete. Also war es wirklich nicht nur meine Schuld, denn die Möglichkeit so offen, so ungestraft und so viel zu töten, hatte ich von einem anderem bekommen.

Rückblickend waren es wahrscheinlich die gleichen Journalisten und Moderatoren, die meine gute, lebensrettende Arbeit in den Himmel lobten, welche mich neugierig gemacht hatten. Wie würde es wohl sein, eine echte Heldin zu werden, nicht nur den Titel und das Schauspiel zu genießen? Würde es sich besser anfühlen, meinen Feind leben zu lassen? Das war schließlich auch eine Art von Kontrolle.

Wegen dieser dummen Neugier also kam ich zu dem Entschluss, die Heldenrolle wirklich zu leben, zumindest wann immer es mir gefiel.

Ich musste nicht lange warten. Kurz darauf, läutete auch schon der Alarm und kündigte den nächsten Einsatz an.

Ein weiterer Banküberfall mit Geiselnahme, für die die Polizei meine Hilfe anforderte. Gruppenarbeit war nichts für mich, also würde ich mich einfach still und leise alleine durch den Hintereingang des Gebäudes reinschleichen. Natürlich mit gezogener Waffe, man konnte schließlich nie wissen, was einen vor oder hinter der Tür erwartete und ich konnte ja im Zweifel versuchen, nicht tödliche Körperstellen zu treffen, falls ich feuern musste.

Dieses Mal begegnete mir nur einer der Bankräuber, eine einfache PKM im Arm und die Skimaske so tief ins Gesicht gezogen, dass die Person darunter sicher kaum etwas sehen konnte. Sie wirkte nervös, stand aber von mir abgewandt, den Kopf nach oben gedreht und schien die Dächer abzusuchen.

Amateurhaft, aber naja.

Alles, was ich tun musste, war meine eigene Waffe auszurichten, auf die arme, schutzlose Wache zu zielen und ihr in Arm und Bein zu schießen.

Zwei Schüsse, zwei Treffer und mein erstes Opfer für heute ging schreiend zu Boden, plötzlich völlig orientierungslos, die Waffe noch fest umklammert.

Es fühlte sich nicht so befriedigend an, wie einen direkten Tod zu verursachen, schließlich war ich keine Sadistin, aber vielleicht kam das Hochgefühl, ein guter Mensch zu sein, ja später.

Ich ging an der Wache vorbei, ein junger Mann, ignorierte die Blutlache auf dem Boden und auch wie er hilflos mit seiner Waffe rumfuchtelte, und öffnete die Tür, vor der er sich postiert hatte.

Aber das war ein Fehler. Ein gewaltiger Fehler.

In dem Moment, in dem ich eine Ausnahme gemachte hatte und ihn am Leben ließ, unterschrieb ich mein eigenes Todesurteil. Nun gut, zu meiner Verteidigung, woher hätte ich wissen sollen, dass der junge Mann nach meinen Schüssen auf ihn noch genug Kraft und Konzentration hatte, um blindlings selbst ein paar abzufeuern, davon ein paar sogar in meine Richtung?

Danach ging alles viel zu schnell.

Das echte Leben läuft nicht in Zeitlupe und selbst für mich fühlte sich nichts langsamer an, als es passierte.

In einem Moment wollte ich noch in einen Raubüberfall reinplatzen, im nächsten lag ich auf dem Boden und kämpfte ums Überleben, während die Welt verschwamm und langsam schwarz wurde.

Diesen einen Kampf konnte ich nicht gewinnen.

## MONAT 9

# Hand In My Pocket

Ein Klassiker von Alanis Morrisette lieferte die Lyrics zu diesem Prompt. Man kann eben beides sein, vollkommen blank und trotzdem glücklich, total verloren und trotzdem voller Hoffnung, hier und schon lange weg.

Marina C. Herrmann hat uns mit ihrer Geschichte überzeugt, die sich nah am Songtext orientiert und so die Grundaussage auf den Punkt bringt.

Short Story Collection

## MEIN LEBEN, MEIN WEG, MEINE ENTSCHEIDUNG

Marina C. Herrmann

»Und fertig«, flüsterte Thammy, steckte ihre Bankkarte wieder ein, schaltete lächelnd den Laptop aus und klappte ihn zu. Dann verließ sie das Zimmer und ging in die Küche.

»Was hast du gemacht?«, fragte ihre Mutter und stellte zwei Teller auf den Tisch.

»Nur etwas am PC gecheckt«, antwortete Thammy halbwegs ehrlich und legte Messer und Gabel dazu.

Viele hielten sie für merkwürdig, weil sie mit fast dreißig noch bei ihrer Mutter wohnte. Sie korrigierte alle dann immer mit den Worten: »Ich wohne nicht *bei* meiner Mutter, sondern *mit* ihr. Wir beide kochen und putzen. Ich zahle Miete und früher war es auch vollkommen in Ordnung, wenn alle Generationen unter einem Dach gewohnt haben. Wozu soll ich Geld für eine eigene Wohnung ausgeben, wenn es so günstiger ist und wir uns wohlfühlen?«

Darauf gab es meist nur ein: »Ist trotzdem komisch!«

Man konnte es den Leuten nie recht machen. Würde sie allein leben, hätten auch alle etwas zu meckern. Wieso lässt du deine Mutter allein? Unnötige Kosten! Dann brauchst du jetzt aber auch jemanden an deiner Seite! Und noch mehr …

Thammy hatte es satt. Man konnte doch bei oder mit seinen Eltern wohnen und trotzdem ein eigenes Leben haben!? Was die Leute immer für Ideen hatten, zu was für Konflikten das führen würde. Als ob die, nur weil sie nicht mehr bei ihren

Eltern wohnten, keinen Streit miteinander hätten und ihr Leben krisenfrei war.

In sich hinein seufzend setzte sie sich ihrer Mutter gegenüber und begann zu essen. Ein Blick auf die Uhr verriet ihr, dass sie gleich zur Arbeit musste. Am liebsten würde sie einfach sitzen bleiben. Auch etwas, das niemand verstand. Sie hatte doch einen tollen Job, super Arbeitszeiten, viel frei und das alles bei ausgezeichneter Bezahlung. Wie konnte sie sich da nicht freuen? Dabei war die Antwort darauf ganz einfach. Nur weil alles nach außen hin schön aussieht, heißt das nicht, dass es sich auch so anfühlt. Thammy hatte immer etwas mit Tieren machen wollen und jetzt saß sie stundenlang im Büro. Irgendwie traute sie sich nicht, einen Neuanfang zu starten. Außerdem hatte sie studiert und da sucht man sich doch eine *ordentliche* Stelle – also blieb der Bürojob. Doch was war so schlimm daran, etwas zu machen, das einem Spaß machte? Unabhängig davon, ob man vielleicht überqualifiziert war – also doch die Tiere? Wieso konnten die Menschen sich nicht einfach um ihr eigenes Leben kümmern und die anderen in Ruhe lassen? Jeder so, wie er mag. Thammy hatte das noch nie verstanden.

»Man kann blond sein, ohne dumm zu sein. Man kann eine Brille tragen, ohne ein Streber zu sein. Man kann Pferde mögen, ohne ein typisches Pferdemädchen zu sein. Man kann studieren und trotzdem ins Handwerk gehen. Man kann bei seinen Eltern wohnen, ohne faul und abhängig zu sein. Man kann auf Partys verzichten, ohne langweilig zu sein. Man muss keinen Partner haben, um glücklich zu sein. Man macht einfach das, was man will. Es ist mein Leben, mein Weg, meine Entscheidung!« Das war ihr Mantra, welches sie mit einem Therapeuten ausgearbeitet und auf sich zugeschnitten hatte und sich jeden Morgen und jeden Abend selbst vor dem Spiegel zusprach.

»Du lässt uns also wirklich für zwei ganze Monate im Stich?«, fragte Susann und zog eine Augenbraue hoch.

Thammy war froh, dass sie nach dem langen Tag endlich nach Hause konnte. Sie nahm ihre Tasche, sah ihre Kollegin kurz an und sagte: »Man kann sich auch mal frei nehmen, ohne die anderen im Stich zu lassen. Ich lebe nicht für die Arbeit.«

Ohne auf ein weiteres Wort zu warten, verließ sie das Büro, setzte sich in ihren Wagen und atmete einmal tief durch. War das zu gemein gewesen? Wieso musste sie nur immer ein schlechtes Gewissen haben? Es war doch wohl vollkommen in Ordnung, sein eigenes Ding zu machen. Sie musste lernen, dass andere auch nicht immer Rücksicht auf sie nahmen und sie das auch durfte.

Mit einem halbwegs befreiten Gefühl fuhr sie nach Hause. Dort angekommen zog sie nicht einmal Schuhe und Jacke aus, sondern ging direkt ins Wohnzimmer, wo ihre Mutter saß und sich ein Quiz im Fernsehen anschaute.

»Mama, wir fliegen übermorgen in den Urlaub und kommen erst in zwei Monaten wieder. Keine Fragen, keine Diskussion. Ich habe die Tickets schon gekauft.«

Ihre Mutter schaute sie mit großen Augen an. »Aber wir können nicht einfach weg. Wer kümmert sich um den Garten? Und was sollen die Nachbarn denken, wenn wir so lange nicht hier sind?«

»Fragen die uns um Erlaubnis, wenn die etwas machen?«, fragte Thammy. Ihr Therapeut wäre stolz, dass sie endlich für sich einstand und die anderen ausblendete. »Und der Garten muss nicht perfekt aussehen. Den Tieren gefällt das, wenn wir mal alles wachsen lassen.«

Ihre Mutter lächelte, stand auf und umarmte sie. »Klingt nach einem Abenteuer. Dann lass uns packen!«

# MONAT 10

## Lieblingsstadt

Jeder von uns hat sie: Eine Stadt, die uns mit ihrer einzigartigen Atmosphäre in den Bann gezogen und nicht mehr loslassen hat.

Für diese Challenge erlaubten wir unseren Autor:innen besonders viel Spielraum (maximal 2.000 Wörter), um die Besonderheiten ihres Lieblingsortes herauszuarbeiten. Die Genrewahl blieb wie immer den Teilnehmern überlassen und so bestachen die ausgewählten Geschichten mit den gewünschten einzigartigen Vibes.

In die Endauswahl schafften es: Eine Stadt als Hauptcharakter und drei, die ganz sie selbst sind.

Short Story Collection

# B E T R U G

Arkoar Qere

Sie rauschten an ihm vorbei. Wände. Stände. Türen.

Nichts blieb lang genug in seinem Sichtfeld, um es genauer betrachten zu können. Und das musste er auch nicht.

Er kannte sie gut. Jeden ihrer Winkel. Jede Ecke. Jeden noch so kleinen Teil der Stadt.

Nie hatte er etwas anderes um sich gehabt, als die kargen Mauern unzähliger Gebäude. Sie waren einander vertraut. Wie Mutter und Sohn. Sie war alles, was er hatte. Sie schützte ihn vor Fremden, Verachtenden, Feinden.

Und diesen Schutz erbat er auch jetzt.

Das Blut des letzten Auftrags klebte noch an seinen Händen, bedeckte sein Hemd, küsste sein Gesicht. Wie der Wind, den er spürte, als er nun die engen Gassen hinunterrannte.

Noch immer suchte er den Fehler. Warum hatte es dieses Mal nicht geklappt? Warum war er gesehen worden? Warum musste er nun fliehen?

Es war doch alles nach Plan verlaufen, oder nicht? Dank der Informationen über sein Opfer, welche er vor einigen Tagen erhalten hatte, hätte doch alles funktionieren müssen!

Die Informationen!

Waren sie falsch gewesen? Eine Falle?

Es kam nicht selten vor, dass tollkühne Möchtegerns versuchten, ihn durch einen gestellten Auftrag den Truppen auszuliefern. Um das Geld zu kassieren. Das Geld für seinen Kopf. Für sein Leben.

Viele wollten ihn tot sehen.

Es war seine Bestimmung zu sterben. Er war eine Missgeburt. Ein nicht-menschliches Wesen, entsprungen aus dem Körper einer toten Frau. Die Finger zu lang. Die Augen halb erblindet. Scharfe, gelbe Krallen unter den ledernen Handschuhen. Absätze trug er, um die verformten Fußknochen zu verbergen. Doch seine Gier nach menschlichem Fleisch war der Hauptgrund. Deswegen musste er sterben. Alles, was dem Menschen ein Feind war, musste unverzüglich eliminiert werden.

Deswegen tat er, was nötig war, um nicht gefasst zu werden. Um zu überleben. Morden. Stehlen. Vollständig vernichten. Schnell und simpel.

Er hatte es sich zum Beruf gemacht. Eine Menge Geld brachte es ihm. Doch auch eine Menge Risiko. Gefahr.

So wie nun. Erneut stellte man ihn vor eine lebensbedrohliche Herausforderung.

Die Gassen waren menschenleer, was sein derzeitiges Problem nur vergrößerte.

Hinter ihm erklangen die Rufe der Truppen. Einfache Marionetten des Königs. Gepackt in Rüstungen und ausgestattet mit Waffen.

Es waren viele. Er würde auch sie töten, wenn er müsste. Wenn sie ihm keine andere Wahl lassen würden. Doch trug er keine Waffe. Weder Schwert, noch Dolch, noch Bogen.

Sein Opfer hatte er überlistet. Hatte es in die eigene Klinge laufen lassen. Ein außergewöhnlicher Mord. So gesehen Selbstmord.

Das Blut hatte aus dem Hals gespritzt. Sich überall auf ihnen verteilt. Die Wand hatte es bedeckt. Die Fenster beschmiert.

Noch während er dort gestanden hatte, waren sie gekommen. Die Truppen. Dann hatte er begonnen zu rennen. Und seither nicht mehr aufgehört.

Noch immer waren sie ihm dicht auf den Fersen. Schrien. Man solle ihn fassen! Er solle sich ergeben!

Durch die engen, schrägen Straßen wirkte der Abstand zwischen ihnen noch kleiner.

Dies zeichnete sie aus. Seine Stadt. Verzweigt, wirr, karg, einsam.

Anders als in Stonkok machte sich hier niemand die Mühe, die Gebäude zu schmücken. Es herrschte auch kein Trubel in dieser Hafenstadt.

Alles hier war grau und düster. Wie er.

Dies verband sie miteinander. Ihn und seine Mutter. Die Einzige, die er je gehabt hatte.

Sie gab ihm seit jeher, was er brauchte. Hatte ihn aufgezogen. Ihn viele Dinge gelehrt.

Vor allem über die Monster, die niemals ruhten. Die in jedem steckten. Selbst hinter den Fassaden eines freundlichen Gesichts.

Er traute niemandem. Er hatte niemanden. Und deshalb würde niemand kommen, um ihn zu retten.

Der Mörder erblickte eine Gasse. Er kannte sie. Wie jede andere in der Stadt.

Dort war seine Chance. Das zerstörte Fenster. Schon oft war er daran vorbeigelaufen.

Er bog hastig in die Straße ein. Da war es!

Wenn er es rechtzeitig erreichte, wäre er sicher.

Er legte noch einen letzten Sprint hin.

Hinter sich hörte er die Schritte der Truppen. Sie würden gleich bei ihm sein.

Doch er hatte es fast geschafft.

Das Geräusch der klappernden Rüstungen wurde lauter.

Nur ein paar Meter.

Das dumpfe Aufschlagen der Stiefel kam näher.

Jetzt nur noch hineinspringen.

Sie betraten die Gasse. Er war weg.

In Sicherheit. Die Stadt hatte ihn gerettet.

Was war das?

Ein zischendes Geräusch. Dann erfüllte ein Licht den dunklen Raum. Fackeln.

Soldaten.

Damit hatte er nicht gerechnet.

Als er sich umblickte, sah er, wie Schwerter auf ihn gerichtet waren. Sieben Stück.

»Unerwartet, nicht?«

Der Mörder schwieg.

Seine Gedanken kreisten um etwas anderes, als die bewaffneten Männer um ihn herum.

Er war betrogen worden. Nicht von seinem Auftraggeber. Nicht von den Truppen.

Sondern von der Stadt.

Er hatte ihr vertraut. Das war der Fehler gewesen.

Und dies war das Ende …

One Short Year

# BARCELONA – BERLIN - REYKJAVIK

R. West

BARCELONA

Vor fünf Jahren ….

… war sie ein vollgestopfter Mix aus alt und neu mit zu engen Straßen, die eine schnelle Flucht unmöglich machten, und Hochhäusern, wo man sie nicht erwartet. Dauerhaft versperrten sie Vincent den Blick in den Himmel, dabei war der alles, was ihn am Leben hielt. Der weiße Sandstrand, der die Stadt flankierte, war flach und vegetationslos. Er bot keinen Schutz und keinen Ausweg. In dieser Stadt Drachen zu jagen, war ein Selbstmordkommando. Und der eine, der seit Jahren hier campierte, schien das zu wissen. Zwei-, dreimal im Jahr richtete er so großen Schaden an, dass es zu Protesten der Anwohner kam, die daraufhin seinen Abschuss forderten. Jedes Mal besahen sich die angeheuerten Jäger danach das Gelände und lehnten den Auftrag schließlich ab.

Seit zwei Jahren …

… ist Barcelona eine ruhige Stadt, die die Tage lebt und ihre Nächte im Stillen genießt. Da der Flughafen bereits ein Jahr nach dem Auftauchen des ersten Drachens in Spanien nicht mehr in Betrieb war und damit der sonst so stetige Zuzug an Fremden ausfiel, gehört Barcelona nun wieder den Einheimischen. Nachmittags isst man unter freiem Himmel in Restaurants auf offenen Plätzen, um ihn kommen zu sehen, sollte er sich doch am Tag aus seinem Versteck wagen. Nach Einbruch der Dunkelheit feiert man in kleinen Bars, in noch kleineren Gassen, die es dem Drachen unmöglich machten, die Feste zu stören. Den Menschen in Barcelona schmeckte der einheimische Wein noch besser, wenn sie beim Trinken den Blick in den Himmel richten und nach dem prominentesten Bewohner ihrer Stadt Ausschau halten mussten.

## BERLIN

Vor fünf Jahren …

… interessierte es keinen, ob diese Stadt noch kaputter geht, als sie schon ist. Sie war die einzige europäische Stadt, die das Jagen von Drachen im Stadtgebiet ohne Einschränkung erlaubte. Jedes Mal, wenn Vincent hier war, verließ er sie ein wenig zerstörter und um einen Drachen weniger. Niemand beklagte Ersteres, oder feierte Letzteres. Für Berlin war das Kommen und Gehen der Drachen und Jäger Alltag. Private Jägergruppen konkurrierten untereinander um die Aufträge der Millionenstadt. Nicht selten taten sie dies, indem sie gleichzeitig am selben Drachen dran waren und ihre Kämpfe in den Straßen austrugen, nachdem dieser längst erlegt war.

Seit zwei Jahren …

… dämmert es auch den Berlinern allmählich, dass auf jeden toten Drachen ein lebendiger folgt. Und mit ihm neue Zerstörung. Viele der großen Wohnblöcke organisieren sich nun und sichern ihre Innenhöfe ab, Nachbarschaftswachen eskortieren Menschen, die trotz Dunkelheit zur Arbeit müssen und jeder außerstädtische Jägertrupp wird mittlerweile mit einer lautstarken Gegendemonstration in der Stadt willkommen geheißen. Der einzige Grund, warum Vincent nicht schon am Flughafen beschimpft wurde, als er letzten in der Stadt kam, war der, dass er nur gerufen worden war, um einen Kadaver zu beseitigen, bevor der Geruch nach Tod geflügelte Nachfolger anlockte.

REYKJAVIK

Vor fünf Jahren …

… war sie eine winzige Stadt am Ende der Welt, in der kaum ein Haus mehr als drei Stockwerke hatte und achtzig Prozent aller Läden im Touristengeschäft waren. Die Kundschaft jedoch blieb mit einem Schlag aus, denn auch der Flugverkehr in diesem Winkel der Welt brach stark ein. Die Zeit des schnellen, günstigen Tourismus war Geschichte und jeder, der damit sein Geld verdiente, auch. Zudem waren sich alle Experten in Bezug auf Island einig wie selten. Von allen Ländern Europas hatte Island die geringsten Chancen, der Drachen in ihrem Land Herr zu werden. An jeder Ecke sprudelte eine heiße Quelle, immer gab es hier mindestens einen aktiven Vulkan direkt unter der Oberfläche und nichts liebten diese Biester mehr als natürliche Wärme. Vincent war schon dreimal zum Jagen in diese Stadt gerufen worden und hatte es jedes Mal gehasst: die scharfkantigen, kaum zu überwindenden Lavafelder, egal, wo man sich befand, die endlosen Nächte im Winter, die Schutzlosigkeit in der offenen Landschaft.

Seit zwei Jahren …

… lebt die Stadt praktisch autark. Sie ist eine der wenigen, die genug freie Fläche im umliegenden Land hat, um es ohne Feindseligkeiten mit den Tieren zu teilen. Reykjavik und Umgebung beherbergen mittlerweile die größte Vielfalt an Drachen in ganz Europa. Jäger dürfen isländischen Grund und

Boden nur noch betreten, um zu lernen, nicht mehr um zu jagen.

»Warum ärgerst du dich?«

»Ich ärgere mich nicht.«

Vincent hörte, wie Fenna ihre Schultertasche auf den Boden gleiten ließ. Dann trat sie vor ihn, nahm ihm die Sicht auf die Lavafelsen am Horizont und sah ihm ins Gesicht.

»Doch. Tust du.« Sie klang amüsiert und um ihre Lippen spielte ein selbstgefälliges Lächeln. Sie glaubte, ihn durchschaut zu haben und war sich ihrer Sache sicher.

Einen Moment lang zog Vincent es in Erwägung, ihrem Blick so lange standzuhalten, bis sie unsicher wurde, nur damit sie nicht vergaß, mit wem sie sich gerade unterhielt und das Vincent das letzte Wort hatte, wenn er es wollte.

Aber sie hatte recht. Und sie waren erst einen Tag hier. Er würde noch genug Gelegenheiten bekommen, sie in ihre Schranken zu verweisen.

»Ich wollte, dass du etwas lernst. Nicht, dass es dir gefällt«, gab er unumwunden zu. Nach Island zu kommen war aufwendig und zeitraubend, denn der Seeweg war der einzig sichere. Aber nur hier gab es eine so große Vielfalt an Drachen in freier Wildbahn zu sehen, nur hier konnte man sie studieren, ohne um sein Leben zu fürchten. Es war das perfekte Trainingsgelände für seine Auszubildende.

Fenna lachte überrascht auf. Was auch immer sie als Begründung für seine schlechte Laune vermutet hatte, das war es offensichtlich nicht gewesen. Sie stritt es aber auch nicht ab. Es gefiel ihr hier. Wie jeder ihrer Blicke in die Ferne bewies. Sie mochte die Ruhe, die auf den Straßen herrschte, seit die Drachen da waren und alle Welt bei jedem Schritt, den sie tat, angsterfüllt in den Himmel sah und es nachts kaum mehr wagte sich zu bewegen.

Sie mochte die Landschaft hier oben im Norden, das Klima und die ständig lauernde Gefahr.

Sie war die einzige Frau, die er kannte, die nicht bei dem Geräusch von Flügelschlägen in Deckung ging.

»Du siehst selbst das Positive negativ«, stellte sie lächelnd fest.

»Und du bist furchtbar leicht zu begeistern.«

Hinter ihm näherten sich knirschend Schritte. Vincent überließ es Fenna, sich umzusehen und herauszufinden, wer sich außer ihnen hier draußen im Nirgendwo aufhielt und das Bedürfnis nach Gesellschaft verspürte. Es wurden ein paar Handzeichen ausgetauscht, dann ging Fenna dem anderen entgegen und Vincent lauschte nun auch ihren Schritten auf dem felsigen Untergrund.

Es wurde gelacht, kurz gesprochen, dann kam sie zurück, stellte sich wieder zu ihm und folgte seinem Blick Richtung Horizont. Die Sonne war bereits untergegangen. Es konnte nicht mehr lange dauern, bis sich das erste Tier aus seinem Versteck wagte. »Man lädt dich zum Abendessen in der Stadthalle ein. Angeblich hast du bisher immer abgelehnt.«

»Bisher war ich immer zum Jagen hier.«

Doch die Zeiten änderten sich.

Bisher hatte er allein gearbeitet.

Und nicht sehen wollen, dass es andere Wege gab, mit den Drachen umzugehen. Wege, die nicht darauf hinausliefen, dass einer von beiden - Mensch oder Drache - das Feld räumen musste und starb.

Die Frau an seiner Seite jedenfalls sah aus, als würde sie gern aus erster Hand hören, wie es den Leuten vor Ort mit ihrem Arrangement ging. Fenna konnte es kaum erwarten, mehr zu erfahren und zu sehen, wie sehr sich diese Stadt gewandelt hatte.

# M O N A T  1 1

## Kaffeeflecken

Man stelle sich einen Coffeeshop vor - nicht einen von der niederländischen Sorte. Dampfende Kaffeemaschinen, blütenweiße Tassen, in einem prekär zur Seite geneigten Stapel, eine Schlange an Kunden, so lang, dass sie bis auf die Straße reicht. Und natürlich die gemütlichen Sitzecken und die spannende Gesellschaft. Hier durften unsere Autor:innen verweilen, um uns eine Geschichte zu liefern, in einem Genre, in dem sie normalerweise nicht schreiben.

Herausgekommen sind Crime & Coffeeshop, eine späte Liebe und bildgewaltige Urban Fantasy.

Short Story Collection

## DEAD BUTTERFLIES

Sandra M. Wolf

Alle Getränke bis auf eines auf der Tafel enthalten Kaffee. Genau das macht Elise hier so glücklich. Kaffee und noch mehr Kaffee. Sie wirft einen kurzen Blick durch das Lokal. Nur mehr zwei freie Plätze. Fast alle Gäste mindestens fünfzehn Jahre jünger als sie. Elise hat nicht vor einen Coffee to go zu kaufen. Sie muss länger bleiben.

Das Mädchen vor ihr bezahlt mit einer schwarzen Kreditkarte. Elise will nicht darüber nachdenken, ob sie in diesem Alter bereits Kaffee getrunken hat oder ob sie es ihrer Tochter so früh erlauben würde. Etwas in ihrem Bauch regt sich.

»Was darf es sein?« Der Barista sieht sie freundlich an.

Elise öffnet den Mund. Ein Schmetterling flattert heraus und sinkt dann tot zu Boden. Ein paar Tränen lösen sich aus ihren Augen.

»Das ist nicht leicht«, sagt eine ältere Stimme hinter ihr. »So erging es mir auch, als mein Mann starb.«

Wäre er nur tot, denkt Elise, dann wäre es anders. Aber Thorsten ist nicht tot. Er ist so lebendig, dass er ihr immer noch wehtun kann.

Der Barista starrt sich an. Elise schluckt und versucht es ein weiteres Mal. Sie braucht die Zeit hier in ihrem Lieblingscafé. In ihrer Umhängetasche wartet ein ungelesenes Buch auf sie. Literatur und einen Cappuccino – das ist alles, was sie im Moment benötigt. Danach wir es ihr besser gehen.

Sie öffnet den Mund. Ein Schwall bunter Schmetterlinge verlässt ihren Körper. Sie flattern in die Höhe. Ihre bunten Flügel werden grau und dann schwarz. Einer nach dem anderen sinkt zu Boden. Elise schlägt eine Hand vor den Mund. Vielleicht wenn sie ihn geschlossen ließe. Vielleicht wenn sie ein paar Tage nichts zu sich nähme. Vielleicht könnte sie dann die verbleibenden Insekten in ihr retten.

Sie hat von ihnen gehört. Von Menschen, die keine Schmetterlinge mehr im Bauch haben. Sie kennt ihre Gesichter. Ihre Wut. Ihre Verzweiflung. Das Ende der Liebe. Wenn der letzte seiner Art in ihrem Bauch stirbt, kann sie sich nie wieder verlieben. Ihre Nachbarin ist eine von diesen Unglücklichen. Mit gesenktem Kopf geht sie zur Arbeit und kommt am Abend mit hängendem Schultern wieder heim. Ihr Mann hat sie nach siebzehn Ehejahren verlassen und ist nach Australien gezogen, um Schafe zu züchten. Weil er eine Auszeit brauchte, hat ihre Nachbarin ihr erzählt.

Elise blickt sich um. Am runden Tisch sitzen Jugendliche, um gemeinsam zu lernen. Ein paar einsame Seelen wenden ihr den Rücken zu und lassen ihre Finger über die Tastaturen ihrer Laptops gleiten. Der Rest der Gäste glückliche Pärchen und eine Familie mit drei Kindern. Die Musik ist dieses Mal nicht nach ihrem Geschmack. Jazz und Blues aus dem Süden der USA. Sie bevorzugt Klavierstücke oder längere Balladen. Alles scheint heute chaotischer als sonst. Offensichtlich haben die Angestellten einigen Gästen erlaubt, Tische und Sessel zu verrücken.

Elise dreht sich wieder zur Theke um. Der Barista wartet immer noch auf ihre Antwort.

Die Schmetterlinge in ihrem Mund drängen nach draußen. Panisch drückt sie ihre Lippen zusammen und versucht zu lächeln. Vielleicht kann sie ihre Bestellung aufschreiben? Sie braucht diesen Kaffee jetzt mehr als alles andere. Die bunten Insekten in ihrem Mund prallen gegen ihre Lippen. Sie beginnt zu kauen und schluckt eine bittere Masse hinunter.

Es ist das achte Mal, dass es passiert. Nach jedem Beziehungsende starb eine Unzahl an Schmetterlingen. Früher machte sie sich nie Sorgen deswegen. Sie war jung. Sie hatte noch Zeit.

Doch vor drei Monaten ist sie fünfundvierzig geworden. Wenn sie die letzten Insekten in ihrem Bauch rauslässt, war es das. Seit Monaten sind keine Neuen mehr geschlüpft. Kein einziger Schmetterling hat Eier in ihr gelegt, keine Raupen haben sich an den Essensresten sattgefressen und anschließend verpuppt. Thorsten hat die letzten Schmetterlinge in ihr getötet. Wenige Minuten haben dafür ausgereicht.

Sie hatte gestern gleich gespürt, dass es keine gute Idee war, früher als sonst Feierabend zu machen. In der Arbeit wäre noch genug zu tun gewesen. Aber sie hat die Hitze im Büro nicht mehr ausgehalten. Wann würde ihr Chef endlich eine Klimaanlage installieren? Wie bedeutungslos ihr dieser Gedanken im Moment vorkommt.

Die Menschen hinter ihr werden unruhig. Elise zeigt auf die Tafel vor ihr, nickt und zahlt. Mit einem Eiskaffee, den sie nicht bestellen wollte, setzt sie sich an den einzigen freien Tisch. Vorsichtig steckt sie den Strohhalm in den Mund und trinkt ein paar Schlucke. Wieder drängen die Schmetterlinge nach draußen. Sie schluckt sie herunter.

Wie viele von ihnen mögen noch in ihr sein? Gestern Nachmittag hat sie Unzählige ausgespuckt. Jeder farbenfroh. Alle nach wenigen Sekunden tot.

Sie ist einfach gegangen. Soll Thorsten doch den Dreck wegmachen. Er und diese neue Freundin, mit der er sich vergnügte, als Elise nachhause gekommen war.

Sie versucht noch einen Schluck, nimmt das Buch aus ihrer Tasche und schlägt es auf. Mehrere Minuten liest sie, ohne etwas von der Geschichte mitzubekommen. Der Alptraum von letzter Nacht lässt sie nicht los. Darin sind die Insekten in ihrem Bauch nicht gestorben. Sie haben sich von innen nach außen gefressen. Dann hat Thorstens Neue ihren Mund geöffnet und die Tiere flogen hinein und erbte somit Elises Schmetterlinge.

»Darf ich mich zu dir setzen?«

Elise blickt auf. Vor ihr steht ein Mann in ihrem Alter und lächelt sie an. Sie antwortet ihm mit einem gequälten Lächeln und nickt zaghaft.

Der Unbekannte zieht den Stuhl zurecht. »Es tut mir leid.«

Ihr wird heiß. Wenn sie gewusst hätte, dass sie so ein Aufsehen erregt, wäre sie nicht in ihr Lieblingscafé gegangen. Hier, wo sie in der Vergangenheit so viele schöne Stunden erlebt hat. Thorsten hat ihre Leidenschaft für dieses Café nie geteilt. Das hätte ihr eine Warnung sein sollen.

»Ich kann dir helfen.« Seine Stimme ist männlicher, als sein Aussehen vermuten lässt.

Wie?, will Elise fragen.

»Ich … das klingt jetzt sicher komisch, aber ich habe keine Schmetterlinge mehr in meinem Bauch. Es ist gestern passiert. Sie hat mir einen Zettel hinterlassen und fort war sie. Sie hat einen Neuen, hat sie geschrieben. Lukas. Ich glaube, sie hat geschrieben, er heißt Lukas.«

Der Mann nimmt ihre Hand und streicht sanft darüber. Elise zieht sie weg. Er ist hübsch. Sie hätte nie so einen Mann für einen anderen verlassen.

»Wir müssen schnell handeln. Ich bin mir nicht sicher, ob es wirklich funktioniert. Ich habe es nur gelesen.«

Wieder nimmt er ihre Hand. Seine Berührungen tun gut. Er lächelt. Sie kann nicht anders, als zurückzulächeln.

»Ich habe gelesen, dass es eine Lösung geben könnte. Wenn man sich verliebt, bevor alle Schmetterlinge tot sind, dann muss es nicht vorbei sein.«

Elise sieht ihn an. Aus ihrer Tasche nimmt sie einen Stift, kritzelt ein paar Worte auf die Papierserviette neben ihr.

»Ich habe die letzten sieben Schmetterling eingefangen. Sie mögen Alkohol. Ich habe sie zuhause in einer halben Weinflasche. Ich muss sie nur runterschlucken. Bitte, lass es uns versuchen.«

Elise kritzelt ein weiteres Wort auf die Serviette und schiebt sie in seine Richtung.

Der Unbekannte lächelt. Elise spürt wie die wenigen Schmetterlinge in ihr zu tanzen beginnen und der Rest aus ihrem Mund sich dazugesellt.

# FRÜHLING IM DEZEMBER

Sandra Bollenbacher

Seit drei Stunden war Irmgard auf den Beinen und eilte von einem überheizten Geschäft ins nächsten, um ihre Liste abzuarbeiten. Wie jedes Jahr schwor sie sich, nächstes Weihnachten auf Onlineshopping umzusteigen. Doch auch wenn ihr linkes Hüftgelenk schmerzte und ihre Füße in den Winterstiefeln unangenehm dick wurden, versetzte sie nichts so sehr in Weihnachtsstimmung, wie an einem Nachmittag unter der Woche zwischen dem dritten und vierten Advent ihre Praxis zu schließen und loszuziehen, um die Weihnachtsgeschenke für ihre Familie und Freunde zu besorgen.

Als sie aus dem Buchladen trat, nahm sie sich kurz Zeit, um sich zu sammeln. Mit den Zähnen zog sie den rechten Kunstlederhandschuh von den Fingern und wischte auf ihrem Smartphone zur Einkaufsliste: Ja, sie hatte alles bekommen bis auf den Nagellack, den ihre Tochter sich wünschte und welchen es weder in einer der fünf Drogerien noch in den beiden Parfümerien gab.

Etwas Nasses fiel auf das Display und als Irmgard es wegwischte, landete eine zweite winzige Schneeflocke daneben. Schnee in der Vorweihnachtszeit? Sofort war aller Frust vergessen und Irmgard sah lächelnd hinauf in den grauweißen Himmel. Würde es dieses Jahr etwa weiße Weihnachten geben wie in ihrer Jugend? Noch ehe sie ihr Handy zurück in die Mantelinnentasche hatte gleiten lassen, verwandelte sich der feine Nieselschnee jedoch in Schneeregen, der ihr unangenehm kalt ins Gesicht und auf die Brillengläser klatschte. Schnell zog sie sich die Kapuze über das graue Haar, rückte ihre prall gefüllte Einkaufstasche zurecht und ging los Richtung Parkhaus.

Es war ziemlich voll in der Fußgängerzone und Irmgard quetschte sich genervt an viel zu langsam laufenden Passanten in dicken Wintermänteln vorbei. Immer mehr Tropfen auf ihrer Brille erschwerten ihr die Sicht und fast wäre sie in einen Mann hineingelaufen, der gerade aus einem *Bohnenliebe*-Kaffeehaus trat. Langsam schloss sich die Tür hinter ihm und für einen Augenblick stand Irmgard in der warmen Luft, die aus dem Café drang und nach frisch gemahlenen Kaffeebohnen, Zimt und Schokolade duftete. Sofort bekam sie Kaffeedurst und als sie die große Schiefertafel sah, die hausgemachten Honigkuchen anpries, musste sie nicht zweimal überlegen.

Das Kaffeehaus empfing sie wie eine warme Umarmung mit seinen wundervollen Gerüchen, dem Rauschen der Kaffeeautomaten, dem gemütlichen Stimmengewirr der Gäste und den letzten Tönen von Wham!s »Last Christmas«. Kaum hatte sich die Tür hinter Irmgard geschlossen, beschlugen ihre Brillengläser und sie brauchte ein paar Minuten, bis sie sich aus Handschuhen und Mantel geschält und ihre Brille mit einem Mikrofasertuch gereinigt hatte. Schon traten hinter ihr die nächsten Gäste ein und Irmgard beeilte sich, zwischen den kleinen runden Tischen vorbei nach vorne zur Theke zu eilen.

»Timea. T-I-M-E-A«, buchstabierte eine drahtige Frau gerade ihren Namen für den Barista.

»Ach, so ein schöner Name. Ich glaube, diesen Namen habe ich seit der Schulzeit nicht mehr gehört. Da kannte ich mal eine Timea«, rief Irmgard begeistert.

Die andere Frau sah sie überrascht, fast schon erschrocken an und bedankte sich mit einem flüchtigen Lächeln, bevor sie zur Seite trat. Irmgard bestellte einen Cinnamon Latte und Honigkuchen. Der junge Mann, der nicht nur einen weihnachtlichen Pullover trug, sondern auch Ohrringe mit goldenen Glöckchen, die bei jeder seiner Bewegungen leise klingelten, fragte sie nach ihrem Namen und bat sie, Platz zu nehmen, bis ihre Bestellung fertig war.

Irmgard fand einen freien Tisch direkt neben einem der künstlichen weißen Weihnachtsbäume, die das Café wie einen Winterwald wirken ließen. Sie verstaute ihre Einkaufstasche unter dem Sitz und beantwortete ein paar Textnachrichten, während sie wartete. »Irmgard!«, rief der Barista wenig später und sie sprang auf, um ihr Tablett entgegenzunehmen. Als sie zurück zu ihrem Tisch trat, stand dort die Frau mit dem außergewöhnlichen Namen und sah Irmgard stirnrunzelnd an.

»Irmgard Neumüller? Aus Marienfelde?«

Ihr Mädchenname, ihre Heimatstadt – Irmgard stockte der Atem. »Timea Szabó?«

Die andere Frau nickte. »Darf ich?«

»Aber natürlich!« Ganz benommen setzte sich Irmgard ihr gegenüber.

*Timea Szabó.* Der Name entfachte einen Wirbelsturm an Erinnerungen, doch sie hätte das damals fünfzehnjährige Mädchen niemals in der über sechzigjährigen Frau wiedererkannt. Statt langen, hellbraunen Locken hatte sie einen blond gefärbten Kurzhaarschnitt, die ehemals großen, dick mit schwarzem Eyeliner umrandeten, feurigen Augen waren wässrig und lugten unter schlaffen, faltigen Lidern hervor, und der immerzu lachende Mund war jetzt ein schmaler Strich, der Timea einen verbitterten Gesichtsausdruck verlieh.

»Ich hätte ja nie geglaubt, dass wir uns irgendwann einmal wiedersehen«, sagte Timea und Irmgard schüttelte den Kopf.

»Ich auch nicht. Wie lange ist es jetzt her?«

»Genau fünfzig Jahre.«

»Fünfzig Jahre«, seufzte Irmgard. »Ein halbes Jahrhundert.«

»Wie geht es dir? Erzähl mir etwas von dir.«

Irmgard erzählte: von ihren zwei erwachsenen Kindern, ihrem früh verstorbenen Mann, ihrer Zahnarztpraxis und ihrem Dackel Timothée.

»Zahnärztin? Wirklich? Das hätte ich niemals gedacht. Du warst doch immer so wundervoll kreativ und musikalisch.«

»Die Ausbildung zur zahnmedizinischen Fachangestellten habe ich in der Tat nur auf Wunsch meines Vaters angefangen, doch die Arbeit hat mir wirklich gefallen, weshalb ich auf dem zweiten Bildungsweg einen Doktor gemacht habe. Zähne sind unglaublich faszinierend.«

Jetzt lachte Timea und mit einem Mal war sie zurück: das fünfzehnjährige Mädchen mit dem Feuer in den Augen und dem unerschütterlichen Lachen auf den Lippen. Wie hatte Irmgard sie nicht gleich wiedererkennen können?

»Lach nicht! Man glaubt als Kind, Zähne seien diese toten Steine, doch sie sind lebendige Teile unseres Körpers und wahnsinnig faszinierend. Okay, genug von mir, was ist mit dir?«

»Ach, nichts Besonderes. Nie geheiratet, aber viele interessante Menschen kennengelernt. Keine Kinder, dafür engagiere ich mich ehrenamtlich beim Jugendnetzwerk

Lambada und für den Umweltschutz. Ich bin freie Journalistin, Bloggerin und Kolumnistin.«

Nichts daran verwunderte Irmgard. Sie hatte Timea als willensstarke, selbstbewusste Person in Erinnerung, die immer genau wusste, was sie wollte – ganz im Gegensatz zu Irmgard selbst – und nichts unversucht ließ, um ihre Ziele zu erreichen oder sich Gehör zu verschaffen.

»Spielst du immer noch Theater?«

Timea lächelte. »Ich habe niemals damit aufgehört.«

»Das freut mich. Dich auf der Bühne zu sehen – auch wenn es nur das Schultheater war –, war … eine transzendierende Erfahrung.«

»Jetzt hör aber auf!«

»Doch, wirklich.« Irmgard stockte, dann nahm sie all ihren Mut zusammen: »Wobei das auch damit zusammenhängen könnte, dass ich total in dich verliebt war. Aber man hat ja damals nicht über solche Dinge gesprochen, hätte es niemals zugegeben …«

Timea ließ die Kaffeetasse sinken, die sie eben angehoben hatte. Ihre dunklen Augen waren groß und wehmütig. »Ich hatte immer gedacht, dass du niemals so für mich empfinden könntest wie ich für dich.«

Irmgard starrte zurück. »Wie du für mich?«

Ihre Teller waren längst leer und die Schaumreste in den Kaffeetassen angetrocknet, als sich Timea von Irmgard verabschiedete. Stundenlang hatten sie sich unterhalten, in gemeinsamen Erinnerungen geschwelgt, von ihren so wahnsinnig unterschiedlichen Leben erzählt. Am ersten Weihnachtsfeiertag würde Irmgard Timeas Aufführung im Nationaltheater besuchen. Silvester wollten sie zusammen in Berlin feiern. Irmgard fühlte sich so aufgeregt und nervös wie ein Teenager. Leise zur Weihnachtsmusik mitsingend stellte sie die Teller und Tassen auf ein Tablett. Kreisrunde Kaffeeflecken blieben zurück und schimmerten in der weihnachtlichen Beleuchtung: ein paar große Kreise von Irmgards Latte und kleinere von Timeas Americano. Irmgard wischte einmal mit der Serviette über den Tisch, doch stoppte vor einem großen und einem kleinen Kaffeefleck, die sich zu einem Venn-Diagramm verbunden hatten. Lächelnd machte sie ein Bild davon und speicherte es als Kontaktfoto für Timea.

## KAFFEE: SCHWARZ

J. R. Katzenstein

Gelangweilt blickte Thea aus dem Fenster. Der Regen war heute so stark, dass sie die Augen zusammenkneifen musste, um den Rathausturm gegenüber zu erkennen. Aber eigentlich war es auch egal, denn die schweren goldenen Zeiger der altertümlichen Uhr schienen sich heute keinen Zentimeter zu bewegen. Es war erst kurz nach zehn am Vormittag und Thea hatte schon zig Mal die Zeit auf der Rathausuhr und ihrem Smartphone gecheckt.

Sie seufzte laut, hören konnte sie sowieso niemand. Es herrschte wie immer gähnende Leere in »Carlas Coffeeshop«. Thea hasste die Morgenschicht an Wochentagen und hatte schon öfter versucht, ihre Chefin Carla davon zu überzeugen, erst ab elf zu öffnen, aber die ließ in dem Punkt nicht mit sich reden. Das letzte Mal hatte sie Thea lediglich angeblafft, dass sie sich ja wohl glücklich schätzen könne, für das Rumsitzen hinter dem Tresen Geld zu bekommen. Das stimmte wohl, aber ohne Gäste fehlte auch das Trinkgeld. Und das machte den Job hier erst lukrativ. Thea hoffte, dass sich gegen elf einige Studenten zu einer ersten Kaffeepause in den Laden verirrten.

Sie entsperrte ihr Smartphone, öffnete Instagram und aktualisierte ihren Feed ein weiteres Mal. Nichts Neues. Thea fuhr sich mit den Fingern durch die Haare und fing an eine Einkaufsliste für später ins Handy zu tippen, als ihr wie aus dem Nichts ein eisiger Schauer über den Rücken lief. Die

Haare an ihren Armen stellten sich auf. Ihr Herz raste. Blitzschnell wirbelte sie herum.

Niemand. Der Coffeeshop war immer noch leer. Auch draußen im Regen konnte sie keine Menschenseele entdecken. Sie biss sich auf die Lippe und fluchte innerlich. Seit dem Vorfall letzten Sommer hatte sie diese Attacken in regelmäßigen Abständen. Dieses unangenehme Gefühl, beobachtet zu werden. Die sofort einsetzende Panik, das Herzrasen, die aufsteigende Übelkeit. Es war ihr unmöglich, in der Dunkelheit alleine unterwegs zu sein. Dass diese Attacken sie jetzt auch tagsüber verfolgten, war neu. Sie musste wohl wieder einen Termin mit Dr. Timmens ausmachen. Um nichts in der Welt wollte sie sich weiter in ihrem Alltag einschränken lassen. Bei dem Gedanken an die schreckliche Nacht vor einem Jahr, stiegen ihr warme Tränen in die Augen.

*Nein Thea, lass die Angst nicht dein Leben kontrollieren. Atme. Denke an etwas Schönes! Du bist stark!*

Sie atmete langsam aus und ein und merkte erst dann, dass sich ihre Hände so verkrampft hatten, dass auf der Handinnenfläche deutliche Abdrücke ihrer Fingernägel zu sehen waren. In diesem Moment bimmelte das Glöckchen an der Eingangstür. Ihre Erlösung! Arbeit bedeutete Ablenkung.

Thea wischte sich die Tränen aus den Augen, atmete noch einmal tief durch und schnappte sich eine der Speisekarten, die am Ende des Tresens einen ordentlichen Stapel bildeten. Der Gast hatte seine nasse Jeansjacke über den Stuhl direkt neben der Eingangstür geworfen und es sich auf der Bank an der Fensterfront gemütlich gemacht. Auf dem Weg zum Tisch fiel ihr auf, dass er Birkenstock-Sandalen trug. Bei diesem Wetter! Thea schauderte kurz und verkniff sich dann ein

Lächeln. Das war sicher einer der Biologiestudenten vom nahegelegenen Campus, unter denen waren einige verstrahlte Typen. Sie setzte ihr freundlichstes Service-Lächeln auf, begrüßte den Mann und hielt ihm die Speisekarte hin. Dieser winkte jedoch ab und bestellte direkt: »Eine große Tasse Kaffee, bitte. Schwarz.«. Er verzog seinen Mund dabei zu einem ebenso freundlichen Lächeln wie Theas und sie fragte sich, ob es wohl auch so aufgesetzt war, wie ihr eigenes. Während der Mann sprach, fixierte er sie mit seinem Blick. Thea wurde nervös, denn die meisten Gäste bestellten mit dem Blick auf die Karte oder auf das Handy und nahmen sie wahrscheinlich nicht einmal wirklich wahr. Thea konnte sich kaum von dem Blick lösen und warf auf ihrem Weg zurück die Speisekarte achtlos auf den Tresen, anstatt sie wieder zu stapeln. Der intensive Blick und seine Augen hatten sie aus dem Konzept gebracht. Thea wurde auch jetzt hinter dem Tresen noch ganz flau im Magen, als sie an diese strahlend blauen Augen dachte. Sie würde sich konzentrieren müssen, den Kaffee nicht zu verschütten, wenn sie ihn gleich servierte.

Um sich etwas abzulenken, schaltete sie das Radio ein, während die italienische Kaffeemaschine ihre Arbeit tat. Gerade kamen die Nachrichten. Doch durch das laute Mahlwerk verstand sie nur Bruchstücke. Das Wort Eilmeldung ließ sie jedoch aufhorchen und das Radio etwas lauter drehen »... Polizei warnt ... Forensik ... entflohen ... Terrassentüren schließen ... Hinweise an ...«. Thea spürte erneut die Panik von vorhin in sich aufsteigen und griff schnell nach ihrem Smartphone, um die Homepage der örtlichen Polizei zu checken. Während im Hintergrund mittlerweile die Musik in voller Lautstärke aus dem Radio brüllte, tippte Thea mit zitternden Fingern die Internetadresse.

Sie fand den Artikel zum Radiobeitrag sofort. Er war auch auf der Webseite der Polizei als Eilmeldung markiert. Ein offenbar extrem gefährlicher Straftäter war heute Morgen aus der forensischen Psychiatrie entkommen. Die Polizei suchte bereits mit Hubschraubern nach ihm und rief die Bevölkerung zur Vorsicht auf. Am Ende des Beitrags war ein Foto des Entflohenen zu sehen. Leicht unscharf, zeigte es eine Person ohne besonders markantes Gesicht. Bis auf das strahlende Blau seines durchdringenden Blicks direkt in die Kamera. Tränen schossen nun unaufhaltsam in Theas Augen, alles verschwamm, sie konnte kaum noch atmen. *Nein, nein, nein. Das kann einfach nicht wahr sein. So etwas widerfährt doch niemandem zweimal im Leben.* Hitze- und Kältewellen durchfuhren ihren Körper und sie konnte ihren eigenen Angstschweiß bereits riechen.

Ihr Blick jagte panisch zur Fensterfront. »Oh mein Gott, nein. Bitte nicht!« Ihre Stimme überschlug sich und ging in ihrem eigenen angsterfüllten Weinen unter. Das Handy glitt ihr aus der Hand und fiel auf den Tresen. Der Tisch am Fenster war leer. Der Stuhl mit der Jeansjacke versperrte die Eingangstür und das grelle Grün des »Come in, we're open« – Schildes strahlte ihr und somit dem Innenraum des Coffeeshops höhnisch entgegen. Eine weitere Hitzewelle jagte durch ihren Körper, sie konnte kaum noch atmen. Durch die laute Ansage der Radiomoderatorin hindurch, meinte Thea nun ein Knarzen hinter sich zu hören. Während sie sich langsam umdrehte, tastete sie mit zitternden Fingern auf der Theke herum und stieß dabei die Kaffeetasse um, die sie gerade erst gefüllt hatte. Einem Ohnmachtsanfall nahe, spürte sie endlich das Handy unter ihren Fingern und entsperrte hektisch den, mit Kaffeeflecken besprenkelten, Bildschirm.

Gerade als der Notruf-Button endlich vor ihren Augen aufleuchtete, spürte sie den festen Griff kalter Hände, die sich von hinten um ihren Hals schlossen und sie zu Boden zogen. Dann wurde es dunkel.

## M O N A T   1 2

There's a »lie« in believe
An »over« in lover
An »end« in friend
A »us« in trust
And an »if« in life

In einem Hallo kann auch ein Tschüss stecken. Für diese letzte Herausforderung in unserem langen Jahr voller Kurzgeschichten hieß es: Alle Zeit der Welt und so viele Wörter wie ihr braucht.

Den Abschluss machen die Lüge hinter dem Glauben und das Ende einer Freundschaft.

Short Story Collection

## THE LIE IN BELIEVE

Sandra Bollenbacher

Okay. Okay. Ich bin okay. Ich bin raus. Durchatmen. Atmen. Konzentrier dich aufs Atmen – das soll man doch in so einer Situation, oder? Atmen, einfach atmen. Ganz leicht, oder? Warum ist es dann gerade so scheißschwer?

Okay. Ich habe mich etwas gesammelt. Beruhigt? Nein. Gesammelt. Oh Gott, wo fange ich nur an. ES IST ALLES WAHR.

… oder?

Nein, so geht das nicht. Ich muss … ich muss von vorne beginnen.

Mir ist so schwindelig.

Sie sind alle to– nein. Früher.

Letzten Monat kam meine Chefin zu mir und bat mich, ein Interview mit meiner Mutter … nein. Noch früher.

Als ich sieben Jahre alt war, starb mein Vater an Lungenkrebs. Jeder von uns ging auf seine eigene Art damit um. Mein sechs Jahre älterer Bruder versteckte seine Trauer wahlweise hinter Zorn, Gleichgültigkeit oder Rebellion, was ihn in den letzten fünfzehn Jahren vom Jugendknast in eine

Entzugsanstalt und zurück ins Gefängnis brachte. Ich zog mich in mein Schneckenhaus zurück, ließ niemanden an mich heran, bis eine der vielen Therapeut*innen es schaffte. Auf meinen Rückzug folgte die Flucht nach vorne: Mit achtzehn zog ich bei meiner Mutter aus und arbeite seitdem gefühlt dreißig Stunden pro Tag an meiner Karriere als Journalistin. Und meine Mutter ... meine Mutter versuchte, meinen Vater durch Gott zu ersetzen.

Im Grund ist es ja irgendwie logisch – zumindest laut meiner Therapeutin: Aus Angst davor, einen weiteren geliebten Menschen zu verlieren, schenkte sie all ihre Liebe dem Einzigen, der niemals sterben, niemals verschwinden würde. All ihre Liebe? Ja, all ihre Liebe. Jeden letzten, noch so kleinen Funken. Aber natürlich ist es nicht so einfach, eine unsichtbare, körperlose – und meiner Meinung nach nicht existente – Gottheit zu lieben. Zumindest ist das meine Theorie, weshalb sie ihre Liebe vor vier Jahren auf etwas anderes fokussierte. Auf *the next best thing* zu Gott, sozusagen. All seine glorreichen, übermenschlichen, unsterblichen Eigenschaften, verpackt in einem sichtbaren, anfassbaren, fickbaren Körper.

Ich denke, jetzt ist allen, die diese Aufnahme hören, klar, was Sache ist. Meine Mutter hat sich den *Kindern des barmherzigen Lichts* angeschlossen.

Ein oder zwei Tage nach meinem Umzug tauchte dieses YouTube-Video auf, in dem Tamiel durch die Fußgängerzone schlendert und Menschen »heilt«, »Wunder vollbringt«. Angefangen bei Leuten mit Brille, die plötzlich wieder scharf sehen konnten, über humpelnde, buckelige Menschen, die sich aufführten wie Sportprofis beim Training, bis zu Alkohol- und Drogensüchtigen, die von jetzt auf nachher total clean waren. Alles alleine durch Tamiels Berührung und segnenden Worte.

Na ja, ihr kennt das Video. Ich glaube, es gibt keine Person mit Internetzugang, die es nicht gesehen hat. Und die meisten taten es genau wie ich als blöden, schlecht geschauspielerten Betrug ab. Natürlich war nichts davon echt, die »geheilten« Leute alle Komplizen. Vor allem diese eine Frau mit der roten Nase.

»Zeig mir dein Leid«, sagt Tamiel, eine Hand auf ihrer Schulter. »Was quält dich?«

»Mein gebrochenes Herz«, antwortet die Frau.

»Gib mir dein Leid«, sagt Tamiel und küsst ihre Stirn.

Die Frau geht weinend vor Tamiel auf die Knie, verfällt in eine Ekstase.

Ich glaube, sie war diejenige, die am meisten Hate abbekam. »Award« für die schlechteste Schauspielerin des Jahres.

Diese Frau ist meine Mutter.

Ja, Ulrike Hasenfratz, Internet-Meme, *KdbL*-PR-Managerin und Tamiel-Fanatikerin der ersten Stunde ist meine Mutter. Ob ihr gebrochenes Herz wirklich an dem Tag geheilt wurde, weiß ich nicht. Seit meinem Umzug habe ich sie nicht mehr gesehen – nicht leibhaftig. Natürlich sehe ich die Videos, die Fernsehauftritte, doch ganz ehrlich: Diese Frau, deren Gesicht allen anderen durch die ständige Medienpräsenz in den letzten Jahren immer vertrauter wurde, wurde mir immer fremder. Am Anfang hatte ich noch versucht, sie telefonisch zu erreichen, saß stundenlang im Auto vor ihrem Haus, doch sie war wie vom Erdboden verschluckt – außer dann, wenn eine Fernsehkamera auf sie gerichtet war. Einmal fuhr ich zu dem Fernsehstudio, wo sie in einer Boulevard-Nachrichtensendung interviewt werden sollte, doch ich sah sie weder kommen noch gehen.

Ich muss gestehen, dass ich es auch schnell aufgegeben habe. Je verrückter, je fanatischer ihre Aussagen wurden, desto mehr habe ich mich für sie geschämt. Es hat nicht einmal ein Jahr gedauert, bis ich sie komplett verleugnete – vor anderen genauso wie vor mir selbst – und einen anderen Namen annahm. Geschrieben habe ich schon immer unter einem Pseudonym. Hannah Hasenfratz klingt einfach mehr nach niedlicher Cartoonfigur als nach todseriöser Investigativjournalistin. Fortan schrieb ich nicht mehr nur unter dem Namen Jolien Fiedler, ich wurde sie.

Das Blöde daran, als investigative Journalistin zu arbeiten, ist, dass all deine Kolleg*innen ebenfalls absolute Profis darin sind, Geheimnisse aufzudecken, und … na ja. Lange Rede, kurzer Sinn – der Plan war folgender: Ich wurde bei den *Kindern* unter dem Vorwand eingeschleust, mit meiner Mutter ein Interview führen zu wollen. Ich sollte mich von ihr dazu »überzeugen lassen«, Mitglied des Kults – denn was anderes ist es nicht, nennen wir es ruhig beim Namen – zu werden, und schlussendlich Tamiel entlarven. Also nicht, dass man da groß etwas entlarven muss. Wir normalen Menschen glauben schließlich nicht Tamiels Lügen. Aber die *Kinder*. Meine Mutter … Ich wollte ihnen – ihr – die Augen öffnen.

Mist, ich glaube, ich höre jemanden …

Es war nur eine Katze. Wo bin ich stehengeblieben?

Wie wohl jedem klar sein dürfte, ist es nicht schwer, einen Termin für ein Interview mit Tamiels PR-Managerin zu bekommen. Irgendwie bescheuert, aber ich hatte mehr Angst davor, meine Mutter nach vier Jahren wiederzusehen, als davor, eine potentiell gefährliche Sekte zu infiltrieren.

Ich weiß nicht, wie ihr euch das Aufeinandertreffen vorstellt – oder was ich mir vorgestellt hatte. Tränen, Umarmungen, gegenseitige Vergebung? Nein. Tränen, Beschimpfungen, gegenseitige Vorwürfe? Schon wahrscheinlicher, aber nein.

Meine Mutter zuckte nicht einmal mit der Wimper, als ich zu ihr in den Raum geführt wurde. Sie begrüßte mich höflich – mit »Hannah«, nicht mit »Jolien« – und bot mir eine Tasse Tee an. Entweder sie wusste schon vorher, dass ich es sein würde, oder sie ist eine viel bessere Schauspielerin, als das Internet behauptet, oder es war ihr schlichtweg egal. Genauso egal, wie mein Bruder und ich ihr –

Sie bot mir jedenfalls eine Tasse Tee an und setzte sich auf ein tiefes weißes Sofa. Da es keine anderen Sitzmöglichkeiten gab, nahm ich zitternd neben ihr Platz. Ich wollte ihr so nahe wie möglich sein, ihr um den Hals fallen und sie nie wieder loslassen und gleichzeitig wollte ich so viel Abstand wie möglich zwischen uns bringen. Ich drückte mich gegen die Armlehne, während sie ganz gelassen an ihrer Tasse nippte und mich abwartend ansah.

Kein: »Wie geht es dir?«

Kein: »Schön, dich zu sehen.«

Kein: »Es tut mir leid, dass ich dich und deinen Bruder nach dem Tod eures Vaters im Stich gelassen habe.«

Scheiße, ich … Das tut alles gar nichts zur Sache … Moment …

Atmen. Atmen. Einfach atmen.

Ich glaube, wir saßen zehn Minuten schweigend auf dieser Wolke von einem Sofa. Als ich mich endlich aus meiner Starre löste und einen Schluck Tee nahm, war er bereits kalt und schmeckte bitter.

Das Interview selbst habe ich ebenfalls aufgezeichnet, falls es überhaupt irgendwen interessiert. Sie antwortete auf meine – zugegeben einfallslosen – Fragen mit denselben Geschichten wie immer. Was danach kam, war eher peinlich. Der Preis für die schlechteste Schauspielerin sollte definitiv an *mich* gehen. Ich habe die auswendig gelernten Worte gesagt, doch ich war mir sicher, dass sie sie mir niemals abkaufen würde. Meine Mutter wusste schon immer, wenn ich log. Insgeheim wünschte ich mir sogar, dass sie wie damals schimpfen würde. Wie als mein Vater noch lebte. Als wir noch eine Familie waren. Ich –

Scheiße …

Als ich sagte, dass ich bei ihr bleiben wollte – dass ich Tamiel kennenlernen und ein *Kind des barmherzigen Lichts* werden wollte –, zeigte sie zum ersten Mal eine emotionale Regung: Sie hob die Augenbrauen und ihr Blick wurde tadelnd.

»Du bist ein Kind der infernalen Dunkelheit, Hannah«, belehrte sie mich. »Der Allmächtige hat deinen Vater zurück in die Hölle geschickt, um mich zu retten, doch für dich und deinen Bruder kann er nichts tun, denn ihr tragt eures Vaters dämonisches Blut in euch.« All das über den Rand ihrer Teetasse hinweg, bevor sie den letzten Schluck trank und aufstand. »Kein Engel, nicht einmal Gott persönlich könnte dich –«

Sie hielt abrupt inne und sah lächelnd zur Tür. Keine Sekunde später wurde die Türklinke nach unten gedrückt und Tamiel kam herein.

Wenn ich jemanden für die Rolle eines Engels casten müsste, wäre Tamiel sofort engagiert. Groß, hager, androgyne Gesichtszüge, dunkelbraune Haut und schwarze Haare, aber kindlich blaue Augen, mit einer sanften, leisen Stimme, die einen leichten, undefinierbaren Akzent hat, und einer absolut fesselnden Ausstrahlung.

Tamiel schritt mit langen, eleganten Schritten zu uns hinüber und reichte mir eine feingliedrige Hand, die weder kalt noch warm war, sondern genau dieselbe Temperatur hatte wie meine.

»Ulrike, du hast deine Tochter verschreckt.«

»Verzeih mir, ich –«

»Du hast nicht nur für mich gesprochen, sondern auch für unseren Vater.«

Meine Mutter senkte ihren Kopf, sodass ihr aschblondes Haar den Großteil ihres Gesichts verdeckte. Tamiel streckte die Hand, die eben noch meine gehalten hatte, aus und hob ihr Kinn sanft mit der Zeigefingerspitze an.

»Du hast Angst um sie, das verstehe ich. Keine Sorge, ich kümmere mich um Hannah. Geh zu den anderen. Bereite alles vor.«

Meine Mutter lächelte Tamiel voller Dankbarkeit an und eilte aus dem Raum.

»Hannah.« Tamiel setzte sich zu mir aufs Sofa und umfasste meine beiden Hände, führte sie wie zum Gebet zusammen.

»Ähm. Hi.« Meine Zunge fühlte sich schwer an, müde, wie nach einem Abend mit zu viel Wein.

»Du möchtest dich uns anschließen.« Es klang nicht wie eine Frage, dennoch nickte ich langsam.

Ich würde jetzt gerne behaupten, dass ich in diesem Moment noch einmal knallhart unseren ausgeklügelten Plan im Kopf durchging, doch ich erinnere mich nicht daran, überhaupt irgendetwas gedacht zu haben. Alles war still und friedlich, selbst meine zuvor so aufgewühlten Gedanken.

»Du weißt, was das bedeutet. Du weißt, was du tun musst.« Wieder keine Fragen. Wieder nickte ich. Die *Kinder des barmherzigen Lichts* geben all ihre weltlichen Güter und Beziehungen auf, das ist bekannt. »Was ist dein Leid?«

»Ich –« Meine Zunge löste sich nur langsam, widerwillig. »Mein Vater … meine Mutter …«

»Gib mir dein Leid.« Tamiel beugte sich zu mir und küsste meine Stirn.

Und es war okay. In diesem Moment wusste ich, dass alles so geschehen war und geschehen würde, wie es sollte. Wie Gott es geplant hatte.

»Komm.«

Tamiel ließ meine Hände los und glitt zur Tür. Ich sprang zu schnell auf, sodass sich alles drehte und ich fast über meine eigenen Füße gestolpert wäre, und eilte hinterher. Wir gingen durch unzählige Zimmer und Flure, Treppen hinauf und hinunter, an hellerleuchteten Sälen und nasskalten Höhlen vorbei. Hinter einer Tür meinte ich animalische Laute zu hören, wie zwei Raubkatzen bei der Paarung. Eine stand einen Spaltbreit offen und ich dachte, im schwachen Kerzenlicht Reihe um Reihe von Schwertern, Bögen und Schusswaffen zu erkennen. Stunden später, so schien es mir, blieb Tamiel vor einem deckenhohen Tor stehen, durch dessen Ritze goldenes Licht nach draußen drang. Sogleich öffnete es sich und wir traten in einen langgezogenen Speisesaal, dessen Tisch bereits für das Abendessen mit Tellern, aber ohne Besteck oder Gläser gedeckt war. Hinter jedem Stuhl stand eine Person, kerzengerade wie Soldaten, unbeweglich wie Statuen. Ich suchte meine Mutter, doch in dem flackernden Schein der unzähligen Kerzen sah jedes Gesicht gleich aus, dunkle Schatten und harte Konturen.

Tamiel war hinter mich getreten und ich erschrak, als ich einen sanften Druck auf meinen Schultern spürte. Ich wurde zu einem freien Stuhl geführt und als wäre das der Startschuss, nahmen alle anderen mit mir Platz. Vor mir lag ein silberner Teller. Mein Gesicht spiegelte sich verzerrt darin, doch ich erkannte mich nicht wieder. Dann spürte ich einen leichten Luftzug und blickte erschrocken auf: Tamiel war auf den Tisch gestiegen und schritt zwischen den Tellern hindurch zur Tischmitte. Ich sah zu den Personen neben mir; eine davon war meine Mutter. Ihr Blick war wie der der anderen starr auf Tamiel gerichtet.

»Meine Kinder. So wie Jesus seinen Jüngern sein Leib gab, nähre ich euch mit meinem.«

Und dann –

Nein. Nein, wie kann das … Ich meine, wie soll man das …

Tamiel breitete die Arme aus und dann die Flügel. FLÜGEL!

Also … das ist doch völliger … das kann doch nicht …

Oh Gott … Atme, Hannah, atme …

FLÜGEL!

Und dann … flatterte Tamiel mit den Flügeln und Federn wirbelten in die Luft und auf jedem Teller, auf jedem Teller landete eine weiße Feder, auch auf meinem. Und dann nahmen die anderen alle gleichzeitig ihre Feder in die Hand und … und *aßen sie*. Sie aßen die *Federn* aus den *Flügeln* des, des *Engels*.

Ich weiß, das klingt wie das Verrückteste überhaupt und mein hysterisches Lachen macht mich gerade sicher nicht glaubwürdiger.

Ich nehme an, dass ich geschrien habe, aufgesprungen und losgerannt bin. Ich nehme es an, weil ich mich hab schreien hören und mich im nächsten Moment vor der verschlossenen Esszimmertür wiederfand. Panisch sah ich mich um, fest davon überzeugt, dass mich Tamiel jeden Moment wie ein riesiger Raubvogel fangen würde, doch Tamiel stand noch immer auf dem Tisch und lächelte mich an. Die ganzen Leute jedoch hingen wie leblos auf den Stühlen, den Kopf nach hinten gekippt. Alles war still, ich hörte nicht einmal meinen eigenen Atem. Die Tür, die bestimmt verriegelt sein musste, gab sofort nach, als ich die Klinke drückte, und die Haustür, die ich mit nur wenigen Schritten durch die Eingangshalle erreichte, ebenso.

Niemand hielt mich auf, als ich das Haus verließ. Niemand folgte mir zu meinem Wagen.

Und jetzt sitze ich hier und …

Ich verstehe nicht …

Ich verstehe nicht.

Ich weiß nicht, ob das alles wirklich geschah oder ob ich es nur geträumt habe. Und wenn es wirklich geschah – war es nur ein Trick? Ein Schauspiel? Eine Illusion?

Oder ist Tamiel wirklich …

Ist Tamiel wirklich ein … ein Engel?

Oh Gott, ich weiß nicht … Was mache ich jetzt nur …

Gott, mir ist so schwindelig …

Die Tür geht auf! Scheiße, die Tür … Bestimmt kommt Tamiel, um mich …

Es ist, es ist meine Mutter. Meine Mutter lebt. Meine Mutter steht in der, in der Tür und … hinter ihr … die anderen …

Oh Gott, ich kann nicht, ich kann nicht … Was soll ich nur …

Okay.

Okay.

Ich gehe zurück. Ich maile euch meine Aufzeichnungen und dann gehe ich zurück. Entweder, ich entlarve Tamiels Betrug oder … oder esse die Feder eines echten Engels. Egal, was die Wahrheit ist: Ich werde bei meiner Mutter sein.

Ich weiß nicht, bin ich naiv? Dumm? Lebensmüde? Ist es kindlicher Glaube an das Übernatürliche? Sturer Ehrgeiz, der mich dazu anreibt, eine unglaubliche Story zu schreiben?

Meine Mutter steht noch immer in der Tür. Jetzt hebt sie die Hand … Sie ruft mich.

Vielleicht bin ich einfach nur ein kleines Mädchen, das seine Mutter vermisst.

Okay. Ich gehe zurück. Wenn ihr das hört … Ich weiß nicht. Vielleicht werdet ihr aus alldem schlauer als ich.

Bis bald?

## A N   E N D   I N   F R I E N D

Ames Morgen

»Ich glaube, manche Dinge sollte man besser ruhen lassen.«
Sein Freund Roan schaute nicht zu ihm auf, als er das sagte,
sondern beschäftigte sich damit, seine Schuhspitzen in den
Sand vor der Bank zu bohren. »Vielleicht will sie gar nicht
gefunden werden?«

Levi neben ihm runzelte die Stirn. »Halte ich für
unwahrscheinlich.«

»Vielleicht wollte sie einfach weg? Einen schönen Sommer
verbringen, Cocktails am Pool schlürfen, ohne dass die nervige
Familie ständig Nachrichten schreibt und fragt, wo sie ist.«

»Autsch.«

»So meinte ich das nicht.« Roan drückte seine Schuhspitze
tiefer in den sandigen Dreck und kickte einen kleinen Stein auf
den Pfad.

»Dann sag mir doch, wie du es meintest.«

Allmählich wurde Levi ungeduldig, auch sein Ton klang
immer genervter. Roans Verhalten war schon seit Wochen
schwer zu händeln. Mal suchte er die Nähe zu seinem ältesten
Freund, ein anderes Mal verhielt Roan sich, als wären sie sich
noch nie zuvor begegnet. Levi konnte mit diesem heiß-kalten
Verhalten nicht umgehen.

Am liebsten wäre er von der Bank aufgestanden, gegangen
und hätte Roan dort sitzen gelassen.

»Du und ich, wir wissen beide wie deine Mutter drauf ist.«
Da musste Levi ihm leider recht geben, aber Roan ließ ihn nicht

dazu kommen, sondern sprach weiter. »Vielleicht will sie einfach ihre Ruhe haben. Vielleicht hat sie ihr Handy im Meer verloren und ist danach Tapas essen gegangen.«

»In Italien gibt es keine Tapas.«

Nun war es an Roan genervt zu schauen.

Levi ließ das kalt. »Ich kann das immer noch nicht glauben.«

Roan atmete tief ein. »Hör zu Levi, ich hatte Geduld mit dir, viel Geduld. Ja, Silvi ist alleine losgereist, aber sie ist zweiunddreißig Jahre alt, sie kriegt das hin. In zwei Wochen ist sie wieder da und wir gehen ein Eis essen. Was ist daran so zum Haare raufen? Wie oft sind wir alleine nachts durch die Straßen gezogen?«

»Das ist nicht Dasselbe. Männer sind Arschlöcher.«

»Denk einfach nicht mehr daran, okay? Lass Silvi wieder zurückkommen, mit einem Berg an Andenken und genieße den Sommer mit mir.« Seine Hand legte sich auf Levis und ließ ihn zusammenfahren. »Das wird unser letzter sein, danach nehme ich den Job in Philadelphia an und wir sehen uns höchstens an Weihnachten.«

Roans Stimmung schien zu schwanken, von kleinlaut, zu frustriert, dann zu wehmütig. Es war ein ständiges Auf und Ab mit ihm.

»Ich kann nicht unbeschwert mit dir Zeit verbringen, wenn ich nicht weiß, wo Silvi ist.« Levi blieb stur und zog seine Hand weg. Sie kribbelte unangenehm. »Roan, ich habe das Gefühl, du verheimlichst mir etwas.«

Was wusste er? Wieso drängte er darauf, dass Silvi in Sicherheit war?

Roan sah ihn irritiert an und Levi wusste nicht, was seinen Freund mehr zu verletzen schien, die abgelehnte Berührung oder der Verdacht.

»Es ist nichts!« Sein Gesicht wurde rot, wieder schaute er auf den Boden und widmete sich diesmal mit großem Interesse einem der Grashalme zu seinen Füßen. Seine Stimme war ungewöhnlich hoch und brach mitten im Satz.

Levi schloss die Augen, zählte bis zehn und stand auf.

»Dann kann ich ja gehen. Ich habe noch einige Sachen zu tun.«

»Bleib hier.« Zum ersten Mal an diesem Abend traf Roans Blick den seinen. Flehend, voller Feuer und Entschlossenheit. »Ich brauche dich.«

»Wofür?" Levi runzelte die Stirn. »Damit du mir sagen kannst, was ich fühlen soll? Dass ich mir keine Sorgen machen soll?«

Pustekuchen. Wenn es um Silvi ging, machte er sich immer Sorgen, auch wenn sie immer die ältere von ihnen beiden war.

Roan stand auf, unsicher, und nahm Levis Hand wieder in seine, umklammerte sie ein wenig zu fest. »Ich kann nicht ohne dich. Vergiss Silvi und diesen Scheiß hier. Lass uns abhauen. In Philadelphia ein neues Leben beginnen, nur wir zwei. Du und ich. Wie wir das mit sechs Jahren schon geplant hatten.«

Das musste in Roans Kopf so einfach klingen, aber das war es für Levi nicht. Noch nie gewesen. Er hatte die Blicke gesehen, die Roan ihm zuwarf, wenn er dachte, Levi sah nicht hin. Aber er hatte die Leidenschaft in seinem Freund unterschätzt. Jetzt versuchte er, sich Roans eisernem Griff zu entziehen.

»Ich glaube, das ist keine gute Idee. Du bist mein bester Freund.«

Sein Einziger.

»Das ist kein Grund, es nicht zu probieren. Wir kennen uns so gut. Ich weiß, was du brauchst und du kennst mich in und auswendig.«

Langsam hatte Levi das Gefühl, dem war nicht mehr so. Roan lebte in einer Fantasiewelt.

»Wieso warst du in den letzten Monaten dann so merkwürdig?«

»Ich wollte dich nicht verlieren.« Sein Freund bettelte und seine aufgesetzten Hundeaugen widerten Levi an. »Noch nicht einmal an Silvi, sie hat deine Sorge nicht verdient.«

Levi riss seine Hand los, atmete aus und sammelte sich in Ruhe. Er war noch nie so gut mit Worten und Gefühlen gewesen wie Roan, wusste nicht, was er fühlte und für wen. Aber in dieser Situation wusste er, wer in seinem Leben Priorität hatte.

»Ich muss wissen, wo Silvi ist. Entweder du bist dabei, oder nicht.«

Roans Mundwinkel verhärteten sich, seine Lippen wurden dünne Striche und die Falte zwischen seinen Augenbrauen immer steiler.

»Dann sind wir keine Freunde mehr«, entschied er, drehte sich um und ging mit großen Schritten in die Richtung des kleinen Sees im Park. Levi sah ihm ratlos hinterher. Roans überspitzte Reaktionen hatte er von ihren sonst so entspannten Treffen nicht erwartet.

»Komm, wenn du wieder bei Sinnen bist. So ist das keine Freundschaft. Noch nicht mal eine, aus der mehr werden kann.« Seine Stimme schallte über die großflächigen Wiesen.

Levi ging daraufhin in die andere Richtung, sein Ziel klarer vor Augen. Bald würde er am Flughafen sein, auf dem Weg nach Italien, in die Stadt, in der Silvi das letzte Mal mit ihm den Kontakt aufgenommen hatte.

Noch einmal schaute er in den Chat und betrachtete das Bild, das sie ihm gesendet hatte. Die spanische Treppe, Menschenmassen, Sonne und Silvi, die lachend in der Mitte stand.

Short Story Collection

## DIE AUTOR*INNEN

E. MARWOOD
»I want to break free« ~ »Waldgrün« ~ »Love me Dead« ~
»Heldin"

Anonym

AMES MORGEN
»Feuer« ~ »Herdengefühl« ~ »Wann bin ich« ~ »Dunkle
Vergangenheit« ~ »An End in Friend«

Ames Morgen, geboren 1992 (als das Rotkehlchen zum ersten
Mal Vogel des Jahres wurde), schrieb schon in der
Grundschule ihre erste Geschichte. Es ging um Aliens, sie
selbst und ihre Freunde. Jahre später folgten dann diverse
Fanfiktions zu TV-Serien, Videospielen oder Filmen.
Zunehmend wurden diese von Ideen zu eigenen Charakteren
flankiert. Am liebsten schreibt Ames über junge Erwachsene,
die sich der Herausforderung des Erwachsenenwerdens
stellen, alles in einem Wohlfühlsetting verpackt.

Sie ist Mitorganisatorin und -herausgeberin der
Kurzgeschichten-Challenge #oneshortyear auf Instagram.

Für Ames als queere Person ist es wichtig, Vielfalt zu feiern
und in ihren Geschichten widerzuspiegeln. Wenn sie nicht
gerade von neuen Ideen heimgesucht wird, dann verschlingt
sie Bücher, streichelt ihre Katzen oder ist dafür bekannt ihre
Liebsten mit Selbstgebackenem zu versorgen. Auf Instagram
ist sie unter 'ames.inwriting' zu finden, wo sie über Bücher,
ihren Schreibprozess und das Leben eines Autors bloggt.

## JULIA GRAMS
»Müde aber Glücklich« ~ »Fahr(t) zur Hölle!« ~ »Verbissen« ~
»Hänsel und Gretel«

Julia Grams, Jahrgang 1981, studierte Germanistik an der
Johann Wolfgang-Goethe-Universität in Frankfurt. Sie
verbindet seit jeher eine große Liebe zu Büchern und schon
früh entstand der Wunsch, hauptberuflich zu schreiben, was
ihr als brotlose Kunst ausgeredet wurde. In der Schulzeit
schrieb sie Artikel über Schulveranstaltungen für die
Lokalzeitung. Seit 2012 engagiert sie sich ehrenamtlich in einer
Projektgruppe trauernder Eltern, für die sie Zeitungsberichte
und verschiedenste Texte schreibt, sowie einen Account auf
Instagram betreut. Während der Elternzeit kam die
Rückbesinnung auf ihre große Leidenschaft, das Schreiben
literarischer Texte. Zurzeit schreibt sie Kurzgeschichten und
Lyrik, verschiedene Buchprojekte sind in Planung. Wenn sich
ihre Kreativität nicht auf dem Papier ergießt, ist sie häufig an
der Nähmaschine zu finden und zaubert Kleidung für sich
und ihre Tochter. Über die Entstehungsprozesse, Ergebnisse
und Alltägliches schreibt sie auf Instagram
@julia.grams_autorin

## MARINA C. HERRMANN
»Prediger und Sünder« ~ »Verdopplung« ~ »Caesar, Brutus
und das Husch-Husch« ~ »Gläsern« ~ »Mord im Frühling« ~
»Mein Leben, mein Weg, meine Entscheidung«

Marina Claudia Herrmann wurde im März 1997 in Nordrhein-
Westfalen geboren. Als sie drei Jahre alt war, zog ihre Familie
nach Rhauderfehn in Niedersachsen, wo sie 2015 ihr Abitur

absolvierte. Sie liebt Musik, Tiere und die Natur. Ihre Texte sind jedoch meist pessimistisch, weshalb sie hauptsächlich Dramen und Dystopien schreibt. Mit ihrem Debüt »Luisa – Flugzeuge und Sternschnuppen« wurde sie von Twentysix zur Leipziger Buchmesse eingeladen, um das Buch auszustellen. Mit »Die Fujel« startete sie 2019 ihre erste fortlaufende dystopische Reihe. »Schutzubus« ist ihre erste im Verlag veröffentlichte Kurzgeschichte und ist in »The S-Files: Die Succubus Akten« beim Talawah Verlag zu finden.
Instagram @marinac.herrmann

MELANIE LANE
»Devils Opera«

Melanie lebt und arbeitet in Hamburg, wo sie zusammen mit einer Freundin das Design Studio schockverliebt betreibt und in ihrer Freizeit sowohl Fantasy- als auch Romance-Bücher schreibt. Sie liebt das Meer, Tiere und Kaffee. Als Feministin sind ihr Themen wie Gleichberechtigung und Diversität extrem wichtig. Dies spiegelt sich auch stets in ihren Büchern wider.

R. WEST
»Stein« ~ »Barcelona, Berlin, Reykjavik«

R.West ist ein Pseudonym von Stefanie Schmidt. Sie wurde 1986 in der Lausitz geboren und ist studierte Kunsthistorikerin, die nach einem aufregenden Ausflug ins Museums- und Auktionswesen nun doch lieber hauptberuflich ganz andere Wege geht. Nebenberuflich übersetzt und textet sie für Klienten aus aller Welt, arbeitet an musealen Projekten und schreibt Kurzgeschichten und Romane. 2021 erschien der Zeitreiseroman »Glacial Blue« im BOOKAPI Verlag und ein Weihnachtsroman bei FOREVER by Ullstein. Sie lebt an der deutschen Nordseeküste und findet »if you are lucky enough to live by the sea you are lucky enough«.

AVELYNA
»Die Geliebte, ihr Mann und seine Frau«

Anonym

SOPHIE MODROK
»Ben«

Sophie Modrok, geboren 1987, wohnt in Berlin und lebt schon seit der Kindheit in ihrer eigenen kleinen, kreativen Welt. Umgeben von verschiedensten Bastelprojekten verbringt sie besonders die dunklen Winterabende am liebsten mit einer Tasse Tee und einem guten Buch oder begibt sich auf die Spuren ihrer Ahnen. Die Kurzgeschichte »Ben« ist Sophies erste Veröffentlichung, doch es heißt, in einer geheimnisvollen Kiste voller Notizen und Bildern schlummern noch so manch große und kleine Geschichten.

SANDRA M. WOLF
»783« ~ »Hüter der Erinnerungen« ~ »Dead Butterflies"

Sandra M. Wolf wurde 1976 in der Buckligen Welt in Niederösterreich geboren. Wenn sie nicht gerade schreibt, liest sie Unmengen an Büchern, spielt schiefe Töne auf der Geige oder versucht, kleinen Kindern wichtige Dinge beizubringen. Manchmal läuft sie auch draußen herum und nennt das Sport.

Am liebsten schreibt sie Thriller, Jugendromane, Fantasy, SciFi oder Dystopien. 2014 gewann sie mit ihrer Kurzgeschichte »Wortliebe« den Carpe-Diem Literaturpreis und 2017 mit der Kurzgeschichte »Er³« den BoD readmyshort Wettbewerb in der Sparte Crime.

Sandra M. Wolf ist ausgebildete Schreibpädagogin und absolviert zurzeit das Bachelorstudium »Inklusion & Leadership«.

NOAH MARTIN
»Ad mortem festinamus"

Noah Martin studierte Kunstgeschichte in Berlin und ist seitdem fasziniert von der Zeit der Renaissance und ihren Künstlern. 2020 erschien der Roman »Raffael – Das Lächeln der Madonna« bei Droemer, ein weiterer Roman, der im Florenz der Medici spielt, ist in Vorbereitung. Mit »Ad mortem festinamus« wagte sich Noah erstmalig an eine Kurzgeschichte.

VERUCA SABIN
»Ein Dachbodenfund«

Veruca Sabin lebt im Ruhrgebiet. Wenn ihre Nase nicht zwischen zwei Buchdeckeln steckt, ist sie in der Natur unterwegs oder macht Musik.

LINDA ROß
»Ein Ort« ~ »Liebe«

Linda studiert seit Winter 2020 Wissenschaftskommunikation in Karlsruhe. Als kreativen Kontrast schreibt sie gerne Kurzgeschichten, weil diese einen Interpretationsspielraum lassen.

ANNIKA M.
»Eine Blume für Theo«

Annika M. ist 2000 geboren und wohnt aktuell in Stuttgart, fühlt sich jedoch in ganz Deutschland zu Hause. Sie liebt das Meer, Wälder, Großstädte, Bücher und das Schreiben. Inspiration findet sie dabei fast überall: in der Musik, in der Natur, in Träumen. Besonderen Wert legt sie in ihren Geschichten auf die Repräsentation queerer Menschen und der Vielzahl an zwischenmenschlichen Beziehungen.

ARKOAR QERE
»Betrug«

Arkoar Qere ist ein junger Dark-Fantasy Autor, der bereits als Kind eine Vorliebe für Rollenspiele hatte. Diese dienten dann vor einigen Jahren als der Beginn der Entstehung seiner eigenen Welt, die sich bis heute stetig verändert und weiterentwickelt. Die Kurzgeschichte »Betrug« ist, neben einigen Werken auf Instagram, die erste Veröffentlichung, wobei der Autor an vielen verschiedenen Projekten arbeitet.

## J. R. KATZENSTEIN
»Kaffee: Schwarz«

J.R. Katzenstein, im Sommer 1991 in Süddeutschland geboren, stieg auf dem wissenschaftlichen Weg in die Literaturwelt ein. Im Studium der Sozialen Arbeit drehte sich für sie als Lektorin und Autorin sozialwissenschaftlicher Publikationen und Kurzbeiträge über fünf Jahre hinweg alles um Fachliteratur. Nach dem Studium und mehrjähriger Berufstätigkeit, entschied sie sich zu einem neuen großen Schritt in ihrem Leben und kehrte ihrem Job und Deutschland den Rücken. Inzwischen lebt, arbeitet und schreibt sie seit mehr als drei Jahren im außereuropäischen Ausland unter strahlender Sonne mit Blick auf Palmen. Auf Instagram ist sie unter @feuerundfeder zu finden.

Short Story Collection

One Short Year

Short Story Collection